ハヤカワ文庫 SF

〈SF2356〉

宇宙英雄ローダン・シリーズ〈658〉

カリュドンの狩り

ペーター・グリーゼ&エルンスト・ヴルチェク

若松宣子訳

PERRY RHODAN
DER ROBOTER UND DER KLOTZ
DIE KALYDONISCHE JAGD
by
Peter Griese
Ernst Vlcek
Copyright ©1986 by
Translated by
Noriko Wakamatsu
First published 2022 in Japan by
HAYAKAWA PUBLISHING, INC.
This book is published in Japan by
arrangement with
PABEL-MOEWIG VERLAG KG
through JAPAN UNI AGENCY, INC., TOKYO.

目次

カリュドンの狩り

ロボットと〝丸太〟

ペーター・グリーゼ

登場人物

ジェフリー・アベル・
　　　　ワリンジャー…………ハイパー物理学者
フリズ・ヘッデーレ…………………フラブメス人。ネットウォーカー
インク
ウンク｝……………………………シスラペン。ネットウォーカー
ダニエル……………………………ワリンジャーのロボット助手
フアカッガチュア…………………女性植物

1

はるか遠い銀河系からきたネットウォーカーには、わたしはきっとすこしばかり奇妙に思われているだろう。だが、まったく気にならない。わたしのからだの一部は、驚くほどかれらによく似ている。ペリー・ローダンはそのことを不思議に思っていた。アトランもだ。かれがテラナーでないことは、わたしもいまではわかっているが、かれでさえ、〝上部〟はわたしと似ている。エイレーネは驚かなかった。ハイパー物理学者のジェフリー・アベル・ワリンジャーもだ。だが、それはネットウォーカーではないかれにとっては当然のことだった。そして、かれはネットウォーカーにはなりたくないと思っていた。

わたしはネットウォーカー、フリズ・ヘッデーレだ。

恐れをなして逃げだしたイホ・トロトから、わたしはかつて、名前までもテラナー的な響きだといわれたことがある。そのときはテラナー的というのがどういう意味なのかたずねなくてはならなかったが、いまは理解している。

そんなことはもはやどうでもいい。〝丸太〟に接近しているのだから、われわれが無理をしているのはたしかだ。ひょっとすると無理をしたせいで、こんな考えが浮かんだのかもしれない。わたしは絶望している。なぜなら、終わりが見えるからだ。そして〝丸太〟も見える。

わたし、フリズ・ヘッデーレは、ネットウォーカーというのは戦闘力があり、きわめてよく組織された仲間だと感じていた。仲間ということだけが重要なのだと、いまは思っている。〝ゆるい連合体〟とだれかがいっていた。近よりがたい創設者のクエリオンたちがいったわけではないが、どこかでこの言葉を耳にした。

自分の外見を、わたしはずっとふつうだと思ってきた。たとえばインクやウンクのようなほかの生物がまったく異なる姿をしていることにも、疑問を感じたことはなかった。もちろん〝インク〟や〝ウンク〟という名前は、わたしの持っている語彙をあてたにすぎない。かれらの本当の名前を知ってはいるが、発音するのは不可能で、頭で考えることもできない。

かれら二名はネットウォーカーだ。わたし同様に。しかも、〝丸太〟の前にいる。死んだも同然だ。もうかれらのことを考える必要はない。実際のところ、わたしのこともだ。

ジェフリー・アベル・ワリンジャーによる最高傑作、ストレンジネス・シールドが、われわれを〝丸太〟の不気味で不可解なものから守ってくれるはずだった。

しかし、役にたたない！

これで終わりだ。

わたしはフリズ・ヘッデーレ。ネットウォーカー。すでに遺体だ。フラブメス人のひとりだが、ほとんど種族のもと一員といっていいだろう。フラブメスという名前の意味はいまではわからないが、それは重要ではない。〝丸太〟が攻撃に出て、ストレンジネス・シールドが崩壊したのだ。インクとウンクがよろめく。わたしは完全にパニック状態だ。

わたしと惑星サバルのネットウォーカーたちを結びつけているのは、わたしの上半身がかれらに似ているということだ。かんたんにいえば、わたしの〝上部まわり〟はペリー・ローダンや、ここにやってきたかれの種族のように見えるのだ。ジェフリー・アベル・ワリンジャーや、なにもわかっていないかれのダニエルと話したことで、わたしの〝上部まわり〟が愚直なテラナーに見えることまでわかった。わたしは髪をしっかり手入れしていて、軽く引きつったように微笑する。すこし伝統にこだわるところがあるジェフリーは、わたしの服装を受け入れているが、ほかの者は認めてくれない。わたしが着ているのはセーターと、きわめてきちんとしているように見せる意志だ。これはダニエルの言葉だが、ダニエルはジェフリーから聞いたという!

これが死を目前にしたわたしの、いまの思いだ。奇妙だといわれるかもしれないが。〝丸太〟が攻撃してきた。終わりが見える。わたしはいま、髪をきちんととかしすぎたことに、腹がたっている。

ばかげているか? いや。破滅の瞬間には、どうでもいいように見えてじつは重要なことを経験するのだ。

これまで下半身を見せたことはない。ずっとかくしてきた。もしかしたら、わが種族フラブメス人のコンプレックスかもしれない。わたしはネットウォーカーになったことで満足だった。〝丸太〟にたちむかう作戦の遂行を許されて、心が満たされていた。ジェフリーを責めたりはしない。かれは、われわれ……インクとウンクとわたし、フリズ・ヘッデーレ……に警告した。行くことを望んだのはわれわれだ。いま、その報いを受けている。

そう、わたしの下半身はだれも見たことがない。そこに……人工の外被であるプラスティック皮膚の下に……わたしの感覚器官がかくされているにもかかわらず。聴覚、視覚、発話、嗅覚、思考器官がそこにあるのだ。

わたしのその部分は、テラナーのネットウォーカーには、とても異質に見えるだろう。

比較できるものはない。だから、死ぬまぎわにそのことを考えるのはお断りだ。わたしは受け入れられた。それはいっておかなくては。わたしは受け入れられた。ペリー・ローダン、エイレーネ、非ネットウォーカーのジェフリー、イホ・トロト。かれはわたしをけっしてフリゾスと呼ばなかった。それが悲しい。そして、ほかのだれよりもすてきに笑うことができるゲシール。いい仲間たちだ。かれらは正しい側にいる。第三の道はわたしの道ではなかった。もしそうであれば、わたしはネットウォーカーになっていなかっただろう。

救助がこなければ、インクとウンクは絶望的だ。わたしはすでに命を終えている。ウンクはハイパーカムを持っていなかったか？　もはやわからない。わたしは狂気に襲われている。

いや！　フリズ・ヘッデーレの生涯に狂気など存在しない。

わたしは身を守る。〝丸太〟は好きなだけ謎に満ちていればいい。わたしはそれに屈したりはしない。

わたしのセーターはきちんとしている。だが、下半身のなかの液体が沸きたちはじめた。

死の恐怖！

イホ・トロトは二光分まで近づくことができた。

〝丸太〟に接近する。

インクとウンクとわたしは一分間の光子飛行時間を達成し、〝丸太〟に接近していた。成功するとわれわれは考えていたが、思い違いだった。〝丸太〟が攻撃してきたのだ。不可解な謎につつまれた、とてつもない力で。未知の力で。ジェフリーはストレンジネス・シールドを開発し、ハイパー放射や未知の作用についてあらゆることを必死に考えたが……それは徒労に終わった。

わたしは死ぬ。

あるいは、違うのか？

インクがわたしのそばをすべるように通りすぎる。ある機器に向かって話している。なんの機器か、わからない。

急に気持ちが楽になった。テラナーのものとはまったく異なる下半身のことは忘れた。誠実でおとなしいテラナーのような顔のことも忘れた。

ひょっとすると、死ぬ直前には幻を見るのかもしれない。わたしの幻は〝ラトバートスタンポージープース〟だ。

ラトバートスタンポージープースの意味をこれ以上考えなくていいので、とても気分がよくなった。

死せるフラブメス人の国に行ったなら、もうこれを思いだすこともできないだろう。

死は思考を消し去る。あとになにがのこるのか、わたしは知らない。

＊

インクがなにかしっかり持っている。マイクロフォンかもしれない。だが、フラブメサの、まだ生まれていないウルシダのようにも見える。どう考えるべきだろう。おそらくひとつだけいえることがある。わたしはまだ生きている。

不思議だ。ジェフリーのシールドは失敗に終わったのに。それとも、悪いのはわれわれか？

われわれは大胆になりすぎたのか？

わたしはまだ生きている。気づいたこともあった。

〝丸太〟の上か、あるいは内部になにかがいる。

この名前をつけたのはペリー・ローダンだ。

そして、かれとのこされたクエリオンたちのために、われわれ、ネットウォーカーのインクとウンクとわたし、フリズ・ヘッデーレが火中の栗をひろうことになった。火中だって？　狂気の沙汰か？

わたしの頭は正常だ！　それとも違うのか？

〝丸太〟！　そのハイパー放射がジェフリーのシールドを破壊した。わたしのこともだ。

インクとウンクとわたしを守るはずの小型装置を見つめる。この装置が発生させたバリアはとっくに消えている。〝丸太〟に食われたのだ！

ジェフリーがこのちいさい箱を開発して組み立てたのは、ごく最近のことだ。縦十二センチメートル、横三センチメートル、奥行き七センチメートルのちいさな箱で、〝丸太〟から発せられる強烈なハイパー放射と戦い、インクとウンクとわたしを守ってくれるはずだった。その作用については、だれにも正しい知識がない。ストレンジネス・シールドの箱はどこにでも設置可能だ。腰や肩のベルトでも……どこでもいい。

肩のベルトか。わたしにはない。ひょっとすると、あれば、つけられただろうが。

腰のベルト。当然、こちらもない。

水っぽい下半身には、そういうものはつけられない。

われわれの小型宇宙船は、〝丸太〟に執拗に引っぱられている。

頭のなかがますますおかしくなった。しかし、かわりに記憶が鮮明によみがえってくる。

ストレンジネス・シールドは、実際は反ストレンジネス・シールドで、未知の宇宙インパルスの影響を防ぐための一種のエネルギー・バリアだ。ジェフリー・アベル・ワリンジャー……わたしは個人的にGAFと略しているが……は、この点で勘違いしていた。

インクとウンクとわたしは〝丸太〟に強制的にドッキングさせられたのだ。

ウンクは失神した。インクはまだもがいている。

マイクロフォンにしがみつき、救助をもとめて叫んでいる。

わたしは冷静だ。見知らぬ声が聞こえる。ジェフリーのようだが、ダニエルだとわかった。ダニエル、がらくたの代用品。

〝丸太〟がわれわれをのみこむ。

貪欲な口は目に見えないが、そこにある。インクはまだなお、ばたついている。わたしも身をよじる。もはや力がつきそうだ。

衝突音！　接触した。

〝丸太〟との接触だ。われわれはのみこまれる。不確実な未来へ向かう。〝丸太〟の狂気が決める未来へ。

通信機からサバルへの救難信号はまだ発信されているだろうか？　わからない。しかし、突然、自分が絶え間なく話しつづけていたことに気づいた。

インクとウンクも、不可解な放射が出現してから感じたことを説明していた。もちろん、インクはマイクロフォンに向かって話している。

わたしは必死に思考を明晰にしようとするが、成功しそうにない。まったく異質な考えが頭に浮かぶ。ほとんどが理解不能だ。頭のなかであふれかえる聞きとれない言葉に、映像がまじる。ジェフリー・アベル・ワリンジャーが見える。ここにはいないはずなのだが。その目は悲しみに満ちている。わたしのすぐそばに〝丸太〟の一部が見えた。

意識を失いたいという欲求が心にひろがる。しかし、この希望も叶《かな》わず、かわりにとても不思議なことが起こった。脳内で、ある概念が明確になったのだ。だれかがわたしにテレパシーでメッセージを送ろうとしているような感覚がある。狂気の放射の影響を受けて、退化したわたしのテレパシー感覚がいくらか活性化されたのだろう。

「ラトバートスタンポージープース！」

この言葉をかつて聞いたことがあるようだ。それともこれは、この概念にともなう感情の揺れにすぎないのだろうか？　思考を解きほぐしたいが、それもうまくいかない。だが、この言葉にはなんらかの意味があるはず！

よろめきながら、なにかにぶつかる。おそらく〝丸太〟だ。

ついに思考が停止した。

＊

「かれらは理性を失った」ジェフリー・アベル・ワリンジャーは、ハイパー通信機がしずまるといった。機器から聞こえるのはかすかなノイズだけだ。「〝丸太〟への進撃は無意味だった。あのネットウォーカー三名を失ってしまったのではないだろうか。リスクが大きすぎた。ストレンジネス・シールドの試作モデルは期待したとおりに作動しなかった」

科学者のメイン・ラボで事態を見守っていたゲシールとエイレーネは驚き、黙っていた。

「イホ・トロトがまだここにいたら」ペリー・ローダンの娘がとうとういった。「三名を脱出させるチャンスがあったのに」

「それはどうだろうか」ワリンジャーは反論した。「ハルト人はあのとき、〝丸太〟から二光分の距離まで接近することに成功した。だが、その後かれのメタボリズムも機能しなくなった。引き返さなければならなかったのだ」

「ともかく、イホは脱出に成功したわ」ゲシールもようやく口を開いた。「その脱出ポイントを、インクとウンクとフリズは逃してしまった。よく聞こえなかったけれど、かれらの言葉を正しく解釈できているなら、〝丸太〟が三名をのみこんだのよ」

「だからといって、それがかならずしも死を意味するわけではない」ワリンジャーはなぐさめを見いだそうとした。「確実なのは、連絡がとだえたことだけだ。救出計画を立てよう」

「イホ・トロトなしで？」エイレーネが疑問を投げかける。

「もちろんだ」科学者の返事は不機嫌なものだった。

ワリンジャーは救出の可能性と、ネットウォーカー三名によるトラブルのことを考えた。三名にうまく乗せられて、ストレンジネス・シールドの試作モデルを奪われたことは、いまはすでにどうでもいい。新しい技術を用いた機器による失敗の責任はワリンジャーにある。

アイデアはきわめてシンプルだった。ハイパー物理学者は、この宇宙でどんな物理定数が重要なのかについて、サバルのほかのだれよりもすぐれた判断をくだせる。そのひとつが、かれが〝ストレンジネス〟と呼ぶファクターにあらわれていた。

それは未知のもの、あるいは異世界を意味する。

これまでに〝丸太〟の放射を測定した結果、この不格好な塊りはそのストレンジネス値のせいで、既知の条件に合致しないことが明らかになった。そこでワリンジャーは、〝丸太〟は未知宇宙のものにちがいないと結論づけた。この主張は最終的な証明ができていないが、いまもかれの考えは変わらない。

イホ・トロトはもはやあてにできない。数日前、ハルト人はこっそりサバルをはなれたのだ。メッセージをのこしていたが、ネットウォーカーはだれも理解できなかった。かれの申し立てでは、ずっと前から内面の衝動を感じていて、いまそれに屈したいということだった。けだものと呼ばれたハルト人の祖先がどうなったのか確認するために、球状銀河M-87の方向に向かうという。ペレグォンの姿で今日《こんにち》までM-87に存在しているはずの、あの生物をかれが考えているのはまちがいない。ともかく、ペレヴォンとの最後の接触は旧暦二四三六年、つまりNGZ四四六年二月三日のきょうから数えてほぼ千六百年前のことだ。

　ハイパー物理学者は、いまはペリー・ローダンもたよりにできなかった。ローダンはアラスカ・シェーデレーアのプシ情報を受けて、ほぼ十六年前から行方不明とされているロワ・ダントンとロナルド・テケナーについての手がかりを得たのだ。それによると、ローダンの息子とスマイラーは、戦士イジャルコルによってトロヴェヌール銀河のオルフェウス迷宮に追放されたという。その宙域はヤグザンという惑星らしい。

　ワリンジャーは、この件を頭のかたすみにとどめただけだ。かれはネットウォーカーではなく、それになりたいとも思っていない。第一に興味があるのは科学的な研究だ。そこに〝丸太〟は決定的な衝撃をあたえたのだった。

　アラスカはペリー・ローダンに、次のカリュドンの狩りがNGZ四四六年三月にはじまることを伝え、さらに、この狩りを利用して追放者たちに合流するつもりだと報告していた。

　ペリー・ローダンにとってこの情報は不足ないものだった。できるだけ気づかれないようにオルフェウス迷宮に侵入すると決めた。大胆なくわだてで、危険がかならずともなうのは明白だ。ローダンはワリンジャーに援助をもとめた……もちろん、技術的な面においてだ。オルフェウス迷宮のエネルギー状況について多くは知られていなかったが、ワリンジャーは〝迷宮ダイヴァー〟と命名した機器を開発した。許可なく立ち入る侵入者を保護するための機器だ。

保護するといっても、ストレンジネス・シールドと同様、不確実なものだった。そのせいでいま、まさにネットウォーカー三名が〝丸太〟で面倒なことになり、ひょっとすると命を危険にさらしている。迷宮ダイヴァーもまたテストが実施されていない。ペリー・ローダンは急いでいたので、ワリンジャーのつくった機器による実験データを増やすために出発することにしたのだ。

コスモヌクレオチド・ドリフェル内部にあらためて侵入する準備に集中しているアトランも、似たような状況だった。今回、アルコン人の狙いはコスモヌクレオチドの徹底的な大規模調査だ。そのため、この重要な計画にじゃまが入るのを望んでいないのは明白だった。

ワリンジャーはこれらの問題とネットウォーカー三名の運命を一手に引き受けなくてはならなかった。ペリー・ローダンの妻と娘は支援してくれるだろうが、ふたりともインクとウンクとフリズを解放するために直接、任務に参加することは考えていない。

ちなみに、それはワリンジャーにとっても想定外のことだった。かれはまだ、勇敢なネットウォーカー三名の小型宇宙船が送信してきた最新データを分析していない。かれはこのデータに期待をかけて、自身のこれまでの理論を裏づけ修正するような、あらたな情報を得たいと思っていた。

いまやハイパー物理学者にとって確実なのは、この救出作戦には生命体をだれも参加させないということだった。

2

この五週間、ジェフリー・アベル・ワリンジャーは多忙をきわめていた。あらゆる調査がつねに〝丸太〟をめぐるものだった。それはきょうまでなにも変わっていない。

かれが徹底的に研究して生まれた成果がストレンジネス・シールドだった。それに劣らない熱意で迷宮ダイヴァーも開発し、試作モデルをペリー・ローダンがテストできるようにしていた。

そのため、グリゴロフ・プロジェクターのベクトリングというお気にいりのプロジェクトにはほとんど時間を割《さ》けなかった。このままでは、近日中はこちらの仕事をする時間はとれそうにない。

ネットウォーカーの主要拠点サバルは、表面的には平穏だった。この惑星が永遠の戦士の勢力範囲から大きくはずれたところにあるためだ。しかし、ドリフェルが危機にさらされたことや〝丸太〟が出現したことで、きわめて決定的な事態が起こり、解決が待ち望まれている。

ストレンジネス・シールドにワリンジャーは大きな期待をよせていた。それがあれば有機生物もロボットと同様に、〝丸太〟に四光分以内の距離まで接近できるためだ。この四光分境界は、ほとんど魔法のように出現する。イホ・トロトが一度、克服したことがあるだけだ。

インクとウンク、そしてテラナーの上半身を持つ奇妙な生物フリズ・ヘッデーレの三名は、ストレンジネス・シールドを使って〝丸太〟へ進撃したいと強く要求していた。ワリンジャーは三名に警告した。この新しい機器がまだ実験段階であることをもっともよくわかっていたからだ。出動のリスクを考慮しないわけにはいかなかった。

そしていま、参加者全員が報いを受けた。

「わたしはひとつかそれ以上のファクターの見積もりを誤った」ワリンジャーはつぶやきながら、コントロール・ルームを出た。ネットウォーカー三名が乗る小型船をそこから制御していたのだ。

メイン・ラボに駆けこみ、得られたデータの分析をはじめる。驚くことに、小型船に搭載された装置がまだデータを送信してきていることがわかった。ただし、データにはひずみや欠落がある。そこからさらにヒントが得られるだろう。

「こんにちは、チーフ」ダニエルがいうが、ワリンジャーは考えごとにふけっていて、ロボットに目を向けなかった。

ストレンジネス！　それがキイワードで、同時に問題でもある。

アインシュタイン空間で定義されるポジションを特定するためには、三つの座標が必要だ。たとえば経度、緯度、高度といった空間的な数値や、それに相応するものから導きだされる。

さらにアインシュタイン空間で出来ごとを明確に定義するためには、四つめの座標をくわえなくてはならない。それは時間だ。この認識は太古からかわらない。

しかし、ハイパー空間での出来ごとを定義するさいは、事情がまったく異なるようだった。すでにあげた四つの座標にくわえ、ここではさらにもうひとつ座標が必要で……それがストレンジネスだった。

ワリンジャーによる、今日でも一般的に有効な想定では、ハイパー空間にはほとんど無数といっていい並行宇宙が埋めこまれている。アインシュタイン宇宙に属する者から見れば、それぞれの並行宇宙がひとつひとつの〝出来ごと〟だ。ふたつの異なる出来ごとが同一ということはありえないので、それぞれの並行宇宙に独自のストレンジネス値がなくてはならない。

故郷宇宙のストレンジネス値は基本的に一定だ。また、目で見たり滞在したりする宇宙内でのストレンジネス値も基本的に一定である。ところが、この値《あたい》が、ある宇宙とべつの宇宙とでは異なるのだ！

ワリンジャーはよくストレンジネス定数について論じていたが、これは自身の宇宙についてだけの話だった。

ストレンジネスは絶対的な数値としては測定されない。しかし、きわめて複雑なハイパー物理学機器を使って、ストレンジネス値の差異を確認するのは可能だ。故郷宇宙の測定システムに比して、ほかのストレンジネス値はそれぞれ一方向にずれているので、銀河系の科学者たちはすでに何年も前から、標準宇宙のストレンジネスをゼロに設定するというワリンジャーの提案に賛成していた。

そのため、ほかの宇宙が異質であればあるほど、ストレンジネス値もゼロから大きくずれることになる。

だが実際は、この測定がすでに問題だらけだった。さまざまな自然定数の些《さ》細《さい》な差異を測定し、分析することが重要だからだ。もし、この測定の対象物……つまりほかの宇宙……に自由に行き来できるなら、ストレンジネス値は、真空光速の誤差、プランク定数、電気素量を決定するためのアボガドロ定数、原子核質量を決めるリュードベリ定数などの差異によって算出できる。粒子の平均エネルギーをあらわすボルツマン定数や、ファラデー定数の測定でも、目標は達せられる。

〝丸太〟に関しては、これらの方法はどれも使えない。それは、いままで実際には〝丸太〟自体に近づけないのが明白だったからだ。まさに言葉どおりに。そのため、ワリンジャーは間接的あるいは遠隔的な測定、また送りだしたゾンデからのデータにたよって研究を進めるしかなかった。

こうした調査は〝丸太〟が出現してからすぐに実施されていた。とらえたハイパー放射によるわずかなものであったが、まちがいなく既知の定数からはずれた値いが出てきた。こうして〝丸太〟に内在するストレンジネスが、ある種の不確実さはあったが特定されていた。

最初に得られた結果はいまでも有効だ。きわめてちいさいストレンジネス、つまりゼロとは異なる値いが存在する。これまでに特定されたこの数字的にちいさな値いは、不動のものではない。明らかに、ゼロに向かって動いていた。つまり、アインシュタイン宇宙の値いに向かって。

この事実から出る結論ははっきりしていなかった。〝丸太〟が並行連続体に由来する可能性はあるが、証明はできない。

たとえば〝丸太〟のプシ放射がなにか意図があって発せられたわけではなく、ゼロとは異なるストレンジネスの結果にすぎないということも考えられた。その点については、この問題に関わったネットウォーカーたちのあいだでも意見が分かれている。

ワリンジャーには独自の理論があった。〝丸太〟は未知の宇宙からきたと確信しているのだ。格別にはげしいなんらかのエネルギー活動があって、もとの宇宙からアインシュタイン宇宙にほうりだされたと考えている。こうした現象は想定されるものだった。確率はきわめて低いが、その確率は操作可能だ。したがってハイパー物理学者は、〝丸太〟の出現には意図があった可能性もありうると考えていた。

ただし、この宇宙交換の意味を考えても、推論以上の答えは見つかっていない。〝丸太〟は相《あ》いかわらず謎の存在だった。

こうした考えが、小型宇宙船のインパルスを分析するワリンジャーの頭のなかで駆けめぐっていた。信号はどんどん弱く、不明瞭になっていく。しかし、船がいまなおストレンジネス・シールドのプロジェクターからの残留放射をひろっているのは明白だ。つまり、ネットウォーカー三名はまだ生きているかもしれない。

さらに、小型宇宙船が動いていないことも明らかになった。動きについての最後の計測から、牽引ビームの存在が推察された。いま生じているこの船の静けさから、拘束フィールドに捕らえられているか、あるいはすでに〝丸太〟にドッキングしたか、という可能性が考えられる。

ワリンジャーが腹だたしかったのは、小型宇宙船と〝丸太〟の距離がわからなくなったことだ。正確に出た最後の数値は二千五百万キロメートルをしめしている。これは一・五光分未満の距離に相当した。

呼びかけてみたが、船載ポジトロニクスからも、ストレンジネス・シールドの試作モデルを信頼しすぎた出しゃばりなネットウォーカー三名からも、応答はない。

これ以上の情報は得られなかったので、ワリンジャーは決断をくだした。ネットウォーカーたちには早急な救助が必要だ。たとえインクとウンクのメタボリズムがイホ・トロトの抵抗力に匹敵するとしても。フリズ・ヘッデーレの身体的数値については、ワリンジャーは正確な情報を知らない。このフラブメス人が情報提供を拒否したからだ。

「第二救出プラン実行！」ワリンジャーは大声でいった。「第三プランを準備」

部下たちとロボットが動きはじめた。ただし、ダニエルだけは動かない。

ワリンジャーは主ポジトロニクスに最後の指示を出し、小型宇宙船が帰還するように一連の指令コマンドを送った。メッセージは送られたが、受領確認などの認識できるような反応はなかった。

「第二プラン、実行準備完了」機械の声が響いた。

「スタート！」ハイパー物理学者は命じた。

それからシートに腰をおろし、目を閉じた。

＊

行方不明になったネットウォーカー三名の船とはわずかに大きさとかたちが異なる小型宇宙船十二隻からなる船団が、サバルの空に急いだ。エムセ級の各船に、それぞれ最新型の補助ロボットが四体ずつ乗っている。ワリンジャーはこの救出作戦のために、すぐに使えるものをすべて提供していた。

第一プランは除外された。実行するさいに、すくなくとも一名のネットウォーカー、あるいはその船とコンタクトすることが不可欠なためだ。

ワリンジャーは、救出作戦を複数の点から保証するロボット船団にかけていた。ロボットや宇宙船のプログラミングの目的はただひとつ、救出だ。それ以外の情報、指示、出来ごとは、ポジトロニクスでとめられている。ワリンジャーはこれを、まさに耳が聞こえない状態だといった。異人や未知のものからの影響は、どんな種類だろうとここで排除される。

エムセ級小型船はちょうど四光分限界まで飛び、そこから先は補助ロボットが、あらかじめプログラミングされた計画に沿って、独自のエンジン・システムを使って進むことになっていた。小型船のほうは〝丸太〟から五光分はなれた待機ポジションに入り、サバルからの指示にしたがって、必要な場合はその後の事態に介入できるようにする。補助ロボットも、小型船そのものも、ほかから影響をおよぼされることはない。

このやり方で、ロボット四十八体が謎の巨大物体に接近するさいには〝丸太〟のさまざまな影響を排除できると、ワリンジャーは考えていた。

実際は輸送船であるエムセ級のもうひとつの任務は、救出ロボットのためのリレーをつとめることだった。ワリンジャーはあらゆる手段をつくしたと確信していた。あとは待つのみだ。

この時間を利用して第三プランにとりくみたいと、科学者は考えた。このプランは、行方不明者の救出にあたって一部が間接的に役だつだけなのだが。というのも、ここではまず〝ベクトリング可能なグリゴロフ・プロジェクター〟の開発を実現することが目的だからだ。

ワリンジャーはすでに、小型化されたメタグラヴ・エンジンを搭載したゾンデ十三機を使えるようにしていた。〝丸太〟やその由来について情報をさらに得るために、これにかけている。

グリゴロフ・プロジェクターは、メタグラヴ・エンジンの基本的な構成要素だ。バリア・フィールドであるグリゴロフ層をつくり、ハイパー空間航行中に宇宙船をあらゆる宇宙環境から保護し、発生した微小宇宙ごと船が運ばれるようにする。

ただし、メタグラヴ航行には危険がともなう。グリゴロフ・プロジェクターが突然に故障すると、グリゴロフ層が崩壊し、そのあと、もはや正確なことは判断不能な現象が起きるのだ。

多数のメタグラヴ宇宙船が消息不明になったことが、その危険性を物語っている。それらの船の行方は永遠にわからないだろう。

　こうした場合、理論的には……説明のつかない消失に対する実際的な考え方としては……船体が未知宇宙で再物質化したという結論が考えられるだろう。損傷を受けたせいで、故郷宇宙への帰還が不可能になっているのだと。

〝丸太〟に多大な期待をよせてほかの宇宙に飛ばした未知存在にも、こうした運命が起こりうると、ワリンジャーは考えた。

　このプランの長所は単純なところだ。〝丸太〟の正確なストレンジネス定数は不明だが、すくなくとも小型化されたメタグラヴ・エンジンを搭載したゾンデを、〝丸太〟がやってきたその宇宙に送ることができるかもしれない。

　それが第三プランの要だった。

　技術的なしかけは、グリゴロフ層を意図的に崩壊させることによって、船体をべつの宇宙に突入させる。この点での調査は、ワリンジャーはすでに大規模に実施して、理論的には問題は解消していた。グリゴロフ・プロジェクターがベクトリング可能でありさえすればいいのだ。

　ベクトリング可能というのは、その放射を大きさや方向に応じて完全に狙いを定めて操作できるということ。数学的・物理学的な値いとしてのベクトルには、方向と大きさのふたつのデータがふくまれている。さらに、ベクトルの起点も重要だ。メタグラヴ・エンジンを搭載した小型ゾンデによる実際的な実験で、その起点はゾンデの四次元的な位置と同一だとわかっていた。このベクトルの大きさと方向には、特定のストレンジネス値があらわされている。アインシュタイン宇宙で航行するための通常のメタグラヴ・エンジンは、このストレンジネス値がつねにゼロになるように調整される。メタグラヴ航行のためのこの起点値に調整の誤りや予定外の変更があった場合、先にあげたような事故が発生することがありうる。宇宙船が元来の宇宙をはなれてしまうのだ。

この〝事故〟を利用してワリンジャーは、ほかの宇宙への入口を発見しようとしていた。

あとはただ、スイッチの切り替えが可能なグリゴロフ・プロジェクターを開発するだけだった。予測と再現可能な結果を生みだすことが必要だ。システム全体は、受信センサーをそなえた特殊なポジトロニクスで制御されなくてはならない。そのセンサーが、帰還ベクトルの値いを特定することで並行宇宙からの帰還も可能にするのだ。

〝丸太〟が発するストレンジネス値はわかっている。数値そのものにはまだ細かい誤差があるものの、このストレンジネス値がゆっくりではあるがつねにゼロに向かって動いているとしても、問題ないようだった。

第三プランで準備された十三機のゾンデは、ベクトルを遮断する瞬間、いずれも〝丸太〟の値いに近いストレンジネス値を発生するように、グリゴロフ・プロジェクターで調整されている。

ハイパー物理学者の確率計算によれば、すくなくとも十機のゾンデがべつの宇宙に到達するはず。それこそが、〝丸太〟がきたと思われる宇宙だろう。

すべてのゾンデには記録装置が搭載されていて、目標宇宙の映像を持ち帰る予定だった。さらにゾンデには測定システムがあり、入手できるかぎりのすべての物理学的・ハイパー物理学的データを記憶し、あとで目標宇宙のストレンジネス値を正確に特定できるようにしていた。

もうひとつの宇宙での滞在時間は二時間に定めた。ゾンデが発見されて破壊されるのを防ぐためだ。

ワリンジャーのラボの別棟では、同じときにさらなる宇宙ゾンデの製造をはじめ、この実験を継続できるようにしている。

細胞活性装置保持者は、これで〝丸太〟の由来についての情報を得て、行方不明になったネットウォーカー三名の救出に役だてられるかもしれないと考え、けっして希望を捨てなかった。

救出ロボットがスタートしてから三時間後、宇宙ゾンデ十三機が動きだした。ほぼ同時に、五光分の位置にいる小型宇宙船からの最初の情報が入った。

その結果は、サバルの全員にとって衝撃的だった。

救出ロボットとの通信がとだえていたのだ。エムセ級小型船の自動システムが記録したものは、あきれるのを通りこすようなものだった。

救出ロボットは宇宙空間をあてもなくさまよっていた。あらゆる予防処置にもかかわらず、制御システムはまったく機能しなかったようだ。

つづいて、〝丸太〟からの強烈なハイパー放射の散乱フィールドが受信された。それはロボットの統合的な操作・制御システムに直接、作用しているようだった。これはワリンジャーにとって、狙いを定めた処置に見えた。つまり、偶然や自然に発生したものではないということだ。

これによって、〝丸太〟のなかには、好奇心をいだいて近よる者に敵意をしめす力があると推定された。

ワリンジャーは、この巨大な塊りの内部に有機生物がいるかもしれないと結論を出した。しかし、ロボット・システムが引き起こしたという可能性も認めていた。

いずれにしても、ハイパー物理学者にとって〝丸太〟は突然べつの存在になった……生きているのだ！

それでも、この救出の試みはわずかな成功をもたらした。偶然、壊れた救助ロボットが何枚か写真を撮影していて、それをエムセ級小型船が受信し、サバルに転送したのだ。これによってワリンジャーは、行方不明になったネットウォーカー三名の宇宙船を発見した。船は〝丸太〟の表面にエネルギーで固定されていた。しかし、ウンク、インク、フリズ・ヘッデーレのシュプールは見あたらない。
謎の解明と救出活動はさらにつづいた。

3

ファカッガチュア

目ざめたとたん、自分がきわめて長い不活性フェーズをすごしたことがわかった。しかし、それ以外はほとんどなにもわからない。記憶が消されている。わたしの名前はこれだ。

ファカッガチュア。

ほかにはなにもおぼえていない。

心配はしていない。ショック状態がおちつけば記憶はもどると感じたからだ。そのためにどれだけの永遠の時が流れようと、どうでもよかった。いずれ終わるだろう。完全な再生期間をへたあとかもしれない。しかし、そのことは、いまはまだ考えない。周囲の環境が、再生にふさわしいとは思えなかったためだ。

ここは暖かすぎる。

再生のためには氷と冷たさが必要だ。

わたしの根は温かい石だらけの地面に引っかかっている。足場はあるが、水がない。水は、わたしの活力を完全に展開させるために、いま必要なものだ。水がないと、空間を移動する力さえ出ない。

だけどそもそも、どこに移動すればいいのだろう？　周囲の環境には具体的なものが感じられない。おそらく、ここは闇におおわれている。つまり、夜だ。

わたしはつぼみをあちこちにかたむけた。ぼんやりとインパルスがあり、それが生命の存在をしめしている。おそらく、この惑星の住民はいま休んでいるのだろう。

自分の花を光らせたいと思ったが、失敗した。わたしはあまりにも弱く、混乱し、不幸だった。おそらく、不可視になってもいるだろう。というのも、不可視になるのは、危険なときや絶望的な状況におちいったとき、自動的に反応する身体作用だからだ。

つづいて、自分が絶望している理由に気づいた。わたしは孤独だった。近くには、わたしのことを考えて気づかう者はなく、わたしを助けられる者も、助けたいと思う者もいない。頭のなかは外側と同じように暗かった。四枚の葉は茎にだらりと垂れさがっている。

なにか思いだそうとしてみた。無意識に上位の知覚機能を動かし、ほかの場所のこと、きのう、きょう、あるいはあすのイメージをとらえようとする。それでもなにも感じられない。周囲に動きはない。上位のイメージは、黒くて内容のないしみばかりだ。

悲痛な思いが高まる。

あるイメージがとどいて、わたしははげしく混乱した。それは過去のイメージでしかありえない。なぜなら、コマンザタラに関するものだとすぐに気づいたからだ。これとともに、わずかな記憶の断片がよみがえった。

コマンザタラははるか昔に消えた。彼女がもはや存在するとは思えない。だから、これは過去のイメージだと、自分にいいきかせる。

自分と同じ種族の死んだ女の記憶がゆっくり明らかになってきて、受けとったイメージとのあいだに矛盾が生じているのがわかった。わたしはコマンザタラが消える日までの生涯をすべて知っている。その生涯に、このような場面は存在しなかった。それは過去のものではないし、コマンザタラがまだ生きているとしても、将来、現実のものになることもありえない。

彼女がほかの生物を故意に殺すなんて！　思考エネルギーで技術機器を爆発させるなんて！　信じがたい話だ。

真実からかけはなれたイメージを見てしまうとは、わたしは頭がおかしくなったにちがいない。

コマンザタラのまわりの状況はきわめて異様だった。そこに、ほかの生物たちがいる。ひとりはジジ・フッゼルという名前だ。

もうひとりの名前はオリヴァー・グルーター。かれは、コマンザタラの想像を絶する行動によって死んだ。

ようやく、いらだちを感じさせるこの映像が色あせていった。わたしはまたいくらか気分がよくなり、そのあとは上位のイメージを見ないようにした。そんなことをしたら状況が悪化するだけだろう。

かわりに、また自分の周囲に集中した。思考がしだいにスムーズに動きはじめると、詳細がわかってきた。

自然の重力が働いている。どちらが〝上〟でどちらが〝下〟か、認識できた。まわりにあるのは自然の空気だ。自分が惑星にいると思った、最初の感覚が強くなる。しかし、音がまったく聞こえてこない。

情報を得ようと、さらに遠くまで確認する。いま、自分の根にかすかな振動を感じた。なにかたたきつけるような騒音が聴覚に入りこむ。それは遠方からの音で、正確には聞きわけられない。

慎重に花頭をまわす。そのとたん、根が石だらけの地面にわずかな水分を見つけ、それを貪欲に吸収したのを感じた。水の一滴一滴が、わたしにとって重要になるだろう。だが、栄養分はふくまれていなかった。わたしは、ちいさな根の塊茎のわずかな蓄えでしのぐしかなかった。

生物を探知した。なじみがあると同時に、未知のものに感じられる。その精神は驚くべき混乱のようなものを発していた。わたしは頭のおかしくなった者の世界にいるのか？

その生物はモリブダエンとか……そういった名だった。洞穴のなかで羽ばたき、必死に着地しようとしている。しかし、その飛翔メカニズムは機能していないようだった。その近くで、金属の床にしゃがみこむ者たちがいた。からだがゆがんでいるが、このモリブダエンと同じ種族だ。なにかを思いださせるが、その記憶を実際には解き明かせない。ただひとつ感じたのは、自分がこの生物をかつて知っていたということだった。それを確認できないのは、不活性フェーズにあったことと、どうやらショックを受けたせいで、記憶喪失になったからにちがいない。

音声を発してみると、驚くことに四方八方から何重もの反響が返ってきた。

これはきわめてめずらしいことだ。似たような経験があったのを思いだしたが、それがいつ、どこでのことか、またわからない。

次は方向を定めて音声を発してみた。今回はひとつの反響しかなかった。この実験をつづけて、反響から周囲のおおよその状況を把握した。その結果、自分がいるのは惑星の地表でないことがわかった。

絶対に自然な環境ではない。

ここは部屋か箱のなかだろう。側壁までの距離はどこもほとんど変わらないが、天井ははるかに高い。一部の方向からの反響は、ぼやけて重なりあっている。なにか物体があるにちがいない。しかし、そのかたちはわからなかった。この感覚は、それほど鋭くは働かないのだ。

すでに力は回復していた。これだけ力があれば移動は可能だが、目的地が決まっていない。壁の向こうには混沌しか感じられない。

わたしの葉がゆっくりと立ちあがった。この感覚でさらに活気がもどる。また不活性フェーズに入らなくてもいいという、あらたな希望が生まれた。

探索したいという衝動が目ざめた。その瞬間、わたしはこれが既知の感覚だとわかったが、それを解釈することはできなかった。ただ欲求だけが存在していた。それは、わたしの根が細かい水滴を吸収するように自然なものだった。

この衝動によって、わたしの感覚はさらに研《と》ぎ澄まされた。

周囲は異質で未知のものである一方、慣れ親しんだもののように感じられた。しかし、どこか遠くで、わたしにとっては新しい異世界がはじまっている。この異世界についての記憶はまったく痕跡もない。わたしの感覚もそれをあと押しする。

驚くことに、異世界の無限ゾーンからのイメージを受けとるのはとてもかんたんだった。鮮明なイメージだ。だが、その内容はあらたな謎となった。

複数の金属製のものがもんどり打ちながら、なにもない空間でよろめきつつ進んでいる。そのうちの二体がぶつかり、かなり大きな爆発が起きた。嫌悪感をおぼえた。わたしやわたしの種族は、どんな種類であれ、破壊には嫌悪感をいだくのだ。

わたしの種族？

わたしはいったい何者？　ファカッガチュアだ。これだけでは満足できない。自分のような生物はほかにもいるはず。死んだコマンザタラについて受けとめた、混乱したイメージを思いだす。たしかにあれは幻影のようだったが、わたしは種族にたったひとりの存在ではないと感じられた。ほかの記憶も呼び起こそうとする。だが、成果はなかった。

わたしは自分の感覚を、異世界の環境とそこで起きている破壊から引きはがした。周囲の見慣れない環境は混沌としているが、それでも異世界ではない！　ここではずっと快適に感じられる。

あちこちで見知らぬ生物がうごめいている。もしかしたら、それらは本当に未知の存在なのかもしれない。あるいはコマンザタラの幻影を見たときのように、わたしの感覚がおかしくなっているのかもしれない。記憶の空白が多すぎるのかもしれない。

あらたな考えがかすかに芽生えた。だれかのために、わたしはここにいるにちがいない。だれのために？　わからない。その者を探さないといけないのか？　それとも、わたしは忘れられたのか。必要とされなくなったのか？　そのだれかとは、洞穴や通廊をよろめいて進む、なかば狂気じみた不可解な生物のひとりなのだろうか。

疑問が重なっていくばかりだ。

わたしは向こう側の壁から、周囲を綿密に探索しはじめた。どこも例外なく理解できないものばかりという印象だ。ただ、人工的な世界に感じられる。

しかし、その後、快適な自然らしさにおおわれる部分が確認できた。この区域には静けさがある。人工恒星があって、植物が……

植物？　生きた植物だ。知性はない。

植物が存在できるところには、水があるにちがいない！　この発見に衝撃をおぼえた。この区域を探り、同時に自分のエネルギーがふたたび消えはじめていることに気づいた。作業を急ぎ、根本的なものごとに集中しなければならない。

知性体が二名、歩いていた。二本の脚と二本の腕がある。しかし、両者はほとんど似ていない。一名は長身で、もう一名はキュウリのようにからだが曲がっている。わたしにはどうでもいい存在だ。ただ、かれらと関わらないように気をつける。

かれらの実体をつかもうとして、わたしは驚いた。

この二足歩行者二名は、異世界の者だったのだ。かれらはこの環境に属する者ではない。それはまちがいない。

かれらによって、無意識に上位のイメージがわたしのなかに呼びさまされた。それはまったく違う場所、はるか遠い外の異世界との境界からきたものだった。

イメージはただひとつの思考だった。なにかが妄想のなかで、この二足歩行者二名に関わっている。そのなにかは漠然としていた。思考は明確だが、意味はない。わたしはたんなるルーチンワークとして、いつもどおりそれを記憶にとどめた。

〝ラトバートスタンポージープース〟

二名は、わたしが興味を感じた植物と水のあるゾーンをはなれた。こうして、わたしに道が開けた。

わたしは網状の根のなかにあるべつの貯蔵用塊茎を開き、花頭にエネルギーを流した。これにはかなりの時間がかかったが、もう急ぐことはない。目的地は見えている。

水！　柔らかい地面！

準備がととのった。意識的に自分の姿を見えなくして、目的地に向かった。

そこは明るさに満ちていた。人工恒星の光が心地よい風景を照らしている。

背の高い藪のなかにいい場所があった。地面はやわらかく、水と養分がたっぷりふくまれている。わたしの根はすぐに地中深くもぐっていき、生命力をあたえる物質を吸収した。

塊茎がすべて満たされてからだが完全に安定するまで、わたしはその場にいた。からだが不可視になっているせいで、かくれることができ、しっかり集中できた。異世界が、やさしい吐息のように外からやってくる。不安は感じなかったが、探索したいという衝動をかきたてられた。もしかしたら、ようやくこのときに衝動が目ざめたのかもしれない。

突然、この異世界に反発を感じなくなっていた。それは新しい未来さえ約束してくれた。

感覚を目ざめさせたまま休み、この状況について考えた。残念なことに、過去の記憶はもどってこない。それは受け入れるしかない。あとはただ、探すのみだ。なにを探したらいいのかわからないので、探索はきわめて困難になるが、目的地に到達すれば、その瞬間にそれが目的地だとわかるという感覚はあった。

周囲の混沌としたイメージを遮断した。迷える亡霊、病気の飛翔者、這ったり走ったりする発育不良の者たちのせいで、目的地に近づけないからだ。

二名の二足歩行者とは、先ほどのように接触することはできなかった。二名は姿を消していた。かれらのからだのエコーはほかの放射におおいかくされ、それ以上追跡してもむだだった。

自分の花弁を確認すると、暗い単色だった。濃紺の色も光っていない。まだ憂慮すべき状態ということだ。わたしは不満をかかえ、不幸だった。探索の目的地がはてしなく遠いとわかり、希望がなくなったことと関係があるにちがいない。

また上位のイメージに感覚を開いた。今回はコマンザタラがふたたびあらわれても、あわてることはなかった。

コマンザタラは湿り気のある柔らかい土の入った鉢のなかで立っていた。隣りにはちいさな二足歩行の女がひとり、椅子にもたれている。二名はたがいに話していたが、その言葉を聞きとれない。なにか未知のものの影響が阻止するのだ。

しかし、わたしは、コマンザタラの花弁の色を見た。それは赤みがかった色とブルーの色調に輝いていた。つまり、彼女はわたしよりずっといい状態ということだ！

ちいさな二足歩行者はジジ・フッゼルだ。コマンザタラはほかの生物を犠牲にすることで、彼女の命を救った。最初のイメージで見たものは幻影ではなかったのだ！　わたしは愕然とした。

コマンザタラは生物を殺害し、そこにある種の満足感を感じている！　理解できない。二名は小型の乗り物で心地よい風景のなかを移動していた。コマンザタラの花弁は、ジジと話をすればするほど赤くなっていく。

上位のイメージが突然、はっきりした振動を見せた。はじめは驚いたが、理由がわかった。

外は異世界だった。ちいさい二足歩行者がわたしの種族の女とともにすごした場所でもある。この存在平面のあらゆるところに異質なものが満ちていた。

そして、コマンザタラも異世界の存在になっていた！

そうなる必要があったのだ。彼女はそれをよろこんでいる。彼女はあることに対して異なった理解をしたのだと、わたしは感じた。そのことで彼女は自身を責めてはいない。彼女は、ほかの生物の犠牲によって命を得たのだ。

彼女はさまざまな価値をわかっていた。わたしにとって異質な価値、異世界から生まれた価値を。

イメージが消えていく。時間がそれを吹き飛ばした。わたしは、それがはかりしれない過去からきていることに気づいた。

この印象についてしばらく考えた。

異世界の吐息はわたしにも触れた。コマンザタラがわたしよりも幸せそうなので、軽く嫉妬をおぼえた。それも、異世界のせいにちがいない。

わたしの探索に、突然、意味が生まれた。

この異世界のどこかに存在するコマンザタラを見つけなければならない。

わたしは彼女を見つけるだろう！　自身がフアカッガチュアであることに誓って！

4

ダニエル

宇宙よ、あなたはわたしを知らない。

サバルよ、あなたはわたしがだれなのか、なんなのかを知らない。

ジェフよ、あなたはわたしの父のような友であり、わたしをふたたびよみがえらせた者。いったいだれがわたしをサバルに連れてきたのか、あなたは考えない。でも大丈夫、ジェフ。わたしもわからないから。

われわれふたりのうち、どちらのほうがよりおかしいのだろうか？　あるいは〝われわれ三名のうち〟というべきか。というのも、わたしは二重存在だから。ダニエルはダニーとエル。そう、本当だ。ダニーとエルで、ダニエル。

わたしが〝われわれふたり〟というときは、ジェフリー・アベル・ワリンジャー教授とわたしのことを意味している。ジェフはハイパー物理学者で、わたしがまったく知らないかつての太陽系帝国の首席科学者で、こちらもやはり知らないアルノ・カルプの弟子で、ここでのあわただしい動きの中心人物であるネットウォーカーのペリー・ローダンのもと義理の息子で、意味は不明だがテラ製ディメトランス・エンジンの開発者で、細胞活性装置保持者で、だれだか知らないがローリー・マルテンのファンで、不器用な天才で、ミスタ・グリゴロフの性質をきわめることにとりくんでいるテラナーで、非ネットウォーカーだ。

わたしはダニエル。ダニーとエル。両者だ。

わたしはロボット。

よくいえばエレクトロン・マシンだが、ジェフを支える自動制御のスーパーマシンと比較してもらっては困る。あれはポジトロニクスで、高性能のスーパーマシンで、ほとんど完璧なシステムだ。わたしは違う。わたしは単純な電子機器だ。わたしには生体付属装置はない。この装置の概念については、ジェフから聞いただけだが。しかし、純粋な電子機器でも存在することは可能だ。わたしには新旧のすぐれたプログラムがそろっている。古いプログラムの多くはなくなってしまった。わたしはこれを〝記憶事故〟と名づけた。わたしにはどうでもいいことだ。こうして存在しているのだから。非常に古い過去を記録した記憶バンクなどないほうが、わたし、ダニーとエルにとってはいいのかもしれない。

ジェフは、わたしの年齢は五千歳ほどだという。そう見積もったそうだ。わたしがかれを知っているのは、ほぼ十一年間。この期間、わたしはかれの地味で非常に遠慮深いパートナーだった。わたしには厳密な時間のプログラムがない。わたしが十一年というとき、それはジェフが入力した思考回路にもとづいている。

十一年前、かれがわたしを発見した。古い部品や代用品、がらくたの保管庫で。わたしは有用だということを、かれはみじんも疑わなかった。かれにとって役にたつと。わたしの記憶はそのさい、消去されていた。記憶バンクのことだ。ジェフはまったく修理できなかった。消えたものは消えたのだ！　しかし、わたしが受けていたその他の損傷は修理してくれた。すばやく専門的に。

十一年前の当時、わたしはかれの言語の音や意味を教わり、それをわたしのなかにのこる基幹プログラムに変換する方法を教えられた。

かれはそのとき、ダニエルは優秀なロボットだと認めた。優秀だったし、いまも優秀だ。これからも変わらない。かれはわたしを〝年代物のロボット〟だといった。わたしはそれを聞いていた。

どうでもいいことだ。かれはわたしをふたたび動けるようにしてくれて、基幹プログラムがのこされた。わたしが〝ふたり〟になれることも、かれは受け入れた。ダニーとエル。それはずっと変わらない。

ジェフが何時間も作業するあいだじゅう、わたしはかれのパートナーだった。かれが必死になって苦悩しているいまもそうだ。

わたしの人工知性がきわめて優秀なことを、かれは知っている。かつて、わたしがジェフのところに持っていったコーヒーのカップを、かれが引っくりかえしたことがある。そのとき、かれはいったのだ。わたしには高度な人工知性があると。わたしは〝人工〟の意味をたずねた。その質問の答えはいまなおもらっていない。

それでも問題は感じない。基幹プログラムではそのような議論はできないからだ。たとえわたしがダニーとエルだとしても。ジェフの周囲の者たち、フェルマー・ロイドやアトラン、ゲシールやエイレーネ、ラス・ツバイやイルミナ・コチストワ、ジェン・サリクやグッキー、ペリー・ローダン、行方不明のイホ・トロト、かれらは全員、自身や任務、宇宙環境のことで問題をかかえている。わたしは違う。わたしは単純だ。

わたしは電子機器で、旧式で、昔のままだ。それでもここにいる。

ジェフもここにいる。かれはわたしの再生の父だ。ネットウォーカーではない。

ジェフは多くのことを教えてくれた。かれの思考方法はいまだにわたしには理解不能だ。わたしの電子回路には高度すぎる。しかし、言語、科学的なデータ、物理的な事実の評価などは、かれから学んだものだ。

たしかにわたしは旧式のロボットだが、デザインは最新式だ。宇宙で手のくわえられていない新しい生物のように見える。ただし、この点についてはは自分で反論しておく。

というのも、ちょうどいまわたしはダニーだからだ。ダニエルは、ダニーが謙虚すぎるというのだが。残念ながらわたしには、かれがいまどの基幹プログラムにアクセスしていて、どこがわたしから分離されているかはわからない。

ジェフはがっかりしている。べつの宇宙に送ろうとしているメタグラヴ・ゾンデ十三機から、まだまったく音信がないからだ。それがかれを悩ませている。この件について、都合のいいときにわたしに話すだろう。きっとそうする。かれのことはよくわかっている。

ジェフの基準から見ると、わたしは直径百五十センチメートル、中央部分の厚さ六十センチメートルの宇宙レンズだ。脚はない。移動手段は反重力フィールドだが、このフィールドをずっと所持していたのか、ジェフにとりつけられたのかは不明だ。自分や自分の過去のことはまったくわからない。ジェフによってがらくたの保管庫で発見されてからの一時期を正確には再現できない。ともかく、わたしは反撥フィールドで動き、話し、考え、自分をダニーとエルに分離することができる。それでもわたしはダニエルだ。

グリゴロフ・ゾンデの話にもどろう。ジェフにはつらいだろうが、ゾンデは不格好で価値のない壊れたがらくたの山になったと認めるしかない。ジェフは悲しんでいる。

わたしもエネルギー問題をかかえている。からだの核融合炉で変換できる圧縮水素プラズマが必要なのだ。この融合炉はきわめてちいさいが、毎年一回、補給をしなくてはならない。

わたしにはさまざまな用途に使用できる付属肢が十八本ある。通常、これらの伸びる触手型アームは体内にかくされている。先端にはものをつかむ道具や、実験機器や武器などの未知の物体がついているが、からだにあるセンサーをそこから発生させることも可能だ。

〝発生〟というと電子的ではないかもしれない。正確にいえば、わたしのなかにはそうした補助具が保管されているということ。それを付属肢の先につけて外に出すことができるのだ。

ジェフはさらに二機のグリゴロフ・ゾンデを探知した。両方とも一機めよりいいとはいえない状態で、壊れていた。かわいそうなジェフ。

わたしはつねにアームを必要とするわけではない。レンズ形のからだに埋めこまれた目に見えないセンサーがあり、付属肢が伸びていなくても、すべてを知覚できる。

この点では、わたしは万能だ。

しかし、わたしのいいところは、発話個所が複数あり、電子制御センターをそなえていること。どこでも望むところで話ができる。それも二重存在のまま。ダニーとして、エルとして。

ジェフはわたしの入力装置を経由して、インターコスモ、テラ語、ソタルク語を教えてくれた。わたしはこれらの言語をおおいに理解し、電子的な感覚を受けとった。わたしはいまも自分の母語がわかる。それはわたしをつくった者の言語にすぎないかもしれないが。しかし、だれもその言語を理解できない。わたしがエルのときにはダニーさえも、わたしがダニーのときにはエルさえも。

しかし、わたしが〝一体化〟すれば、それを理解できるのだ！

ほかにもジェフはわたしに手をくわえた。死んだ言語を入力したのだ。ダニーとわたし、エルとわたし、そしてわたしダニエルにはまったく役だたないその言語とは、ラテン語だ。ジェフの気まぐれから、わたしはそれを記憶バンクに入れることになった。

さらに二機のゾンデが探知された。ジェフはそれを調査している。小型化されベクトリングされたグリゴロフが入っているゾンデで、十三機のうちの四番めと五番めだ。わたしのなかの、まったく変更されていない基幹プログラムはいま、ジェフが成功の通知を受けとれたらいいがと願っている。

ジェフは成功の兆《きざ》しを受けとれなかった。そこにあったのはただのがらくただった。あれは気まぐれだったにちがいない。ラテン語のことだ。わたしがそれをおぼえたとき、ジェフはわたしにこうたずねた。

「山を登るとき、なにを考える？　返事はラテン語で！」

〝考慮時間をください！〟と、わたしはいい、かれは認めた。

ゾンデはこれ以上こない。ジェフは失望している。しかし、確信に満ちあふれてもいた。ここにはなにか明確なものをもとめている者がいると、旧式のロボットにさえはっきりわかるオーラをはなっている。

わたしが当時、考慮時間がほしいとたのんだのは、山を登るさいになにを考えるかという質問にどう答えていいかわからなかったからだ。ダニーとわたし、エルとわたし、われわれとわたし、ダニエルである全員が困惑していた。

ゾンデはもうもどってこない。フリズ・ヘッデーレ、インクとウンクを〝丸太〟から救いだすはずのロボットからも、動いている知らせはとどかない。

そのとき突然、ちょっとした思いつきがあった。

ウティナム・スープラ・エセム！

インターコスモでは〝ゲレム・オプ・タネ・エク・フプ〟となる。わたしをつくった者たちの言語では答えられない。考え方が異なるからだ。ソタルク語はやめておこう。テラのラテン語の〝ウティナム・スープラ・エセム〟は、〝ああ、上に行けたらいいのに！〟というような意味になる。

ジェフは、これ以上はけっしてあらわれないとすでにわかっていても、必死にのこりのゾンデ八機を探している。あまりにも時間がたってしまった。

いま、かれは立って、いった。

「わたしは正しい道を進んでいる！」

「はあ！」わたしはいう。

「わたしは正しい道を進んでいる、ダニエル」ひどく不器用で不確実な主張でも、かれがいうととても説得力があるように感じられることがある。「わたしはこの問題を解決し、〝丸太〟の謎を究明するぞ。ベクトリング可能なグリゴロフ・プロジェクターは、たんに学問的な忍耐の問題だ」

こうしてまた話しかけられたので、わたしは活気づいた。

「ネットウォーカー三名はどうなりました？」わたしはうながすようにたずねた。

「そうだな。あらたにロボットを送りだす。エムセ級チームのように脆弱ではないロボットを」

「ドリームダンサーですね」

かれはすでにまた、わたしに話しかけるのをやめていた。

〝ウティナム・スープラ・エセム！〟

ジェフはそれを実行する。ウンク、インク、フリズ・ヘッデーレを救いだすために新しいロボットを送りだすのだ。かれがジェン・サリクに短く話すと、サリクはただ冷静にうなずいただけだった。ネットウォーカーたちは多くの問題をかかえている。ジェフの問題はそのひとつにすぎない。

かれ、ジェフリー・アベル・ワリンジャーは、またわたしに注意を向けていない。わたしはかれの暦で十年以上、かれのために働いてきた、忠実な会話の相手だ。ロボットを甘やかす必要はないが、ジェフは話を聞くべきだ。

忘れ去られた過去の遺物にも、存在する権利がある。わたしはなにを持っている？　わたしには一度も起動されたことのないプログラムがあるのだ。ジェフはそれを知っている。わたしを徹底的に調査したのだから。

もうゾンデはこない。ジェフは、ベクトリングの調整が不正確だったせいだとつぶやいている。行方不明になったネットウォーカー三名を心配しているのが感じられる。ゾンデ十三機のうち五機しかもどってこなかった……さらに具体的な結果が出ていないことについても悲しみ、不満をいだいている。

第二次救出作戦が進んでいるが、第一回の試みと同じ結果に終わるだろう。わたしにはわかる。古代の電子機器にすぎなくてもだ。

〝丸太〟は、相手が生物だろうがロボットだろうが、破壊しようとするあらゆるシステムに抵抗する。ジェフはそれを信じたくない。自分の理論に固執《こしつ》している。かれは自分が正しい道を進んでいると思っている。多少の修正をくわえれば目標を達成できると考えている。

ロボット本来のシステムが侵害されていることにかれが気づいたところで、なんの役にたつだろう？〝丸太〟は身を守っているのだ！　すべての有機的な生命を狂気におちいらせる状況にある。

ポジトロン意識にも介入できるということ！

この救出作戦がそれを証明している。

わたしはジェフのラボを浮遊しながら、より平和だった時代のことを考えた。いま、かれはわたしと話をしない。十年間、ずっと話してきたのに。かれがおちいっている状況は、ペリー・ローダン、ジェン・サリク、アトラン、グッキーのような者たちと同じだといえる。しかし、かれはひとりぼっちだ！

ここにいる者でネットウォーカーは？　エイレーネとその母だ。ほかにはだれもいない。ジェフはプシオン性ラインに身をゆだねるような者ではない。かれがいうには、それは短くて空間的に制限されていて、結局は重要ではないと。かれは科学的・論理的・ハイパー物理学的に思考するのだ。

代替案の第四プランも失敗した。〝丸太〟と戦うロボットの波からも、もどってくるものはいない。すくなくとも、情報を持って帰ったものはない。

一体がもどってくる。ジェフがその情報記憶装置を読むようすを、わたしは追った。それは驚くべきものだった。かれが虚空を見つめたからだ。

ベクトリングしたゾンデ十三機。五機がもどったが、がらくただった。八機は永遠に失われた。

二回めは同じタイプのグリゴロフだが、修正されていた。七機が出発し、帰還はゼロ。救出ロボットは?

「きょうはうまくいかないことばかりだ」と、ジェフ。「だが、やりつづけるぞ!」

まったく気の毒なことだ、ジェフリー・アベル・ワリンジャー。

ネットウォーカーたちはかれが好きで、信頼している。インク、フリズ・ヘッデーレ、ウンクもそうだ。しかし、かれらは窮地におちいっている。あるいは死んでしまったか。

ジェフは隣室で、ロボットが〝丸太〟のハイパーエネルギーを受けて機能不全におちいるのはシントロン・システムのせいだといった。つまり、ポジトロン・ベースの高性能ロボット回路のことだ。まず第一に、と、エルとわたしは考える。シントロン・ユニットと接続したプラズマ・パーツが確実にやられるだろう。

さらにジェフはいった。〝丸太〟は救出ロボットに抵抗し、あると推定される知性をロボットとの戦いに向けるだろう、と。この点ではわたしも同意見だ。エルもそうだ。

突然、ときどきわたしの電子化自我のなかで発生する分裂が、固定化しはじめているのに気づいた。警告だ!

この分裂は意識的にもとめたわけではなかった。これは自問自答のさいだけではなく、ジェフとの会話のさいにも、ほとんど偶然に起こることがある。だが、いまはそれが、わたしの基盤知識なしで生じていた。

つまり、いまのわたしはたんなるダニーということ。

エルは黙っている。かれの基幹プログラムにも似たような考えが働いているようだ。すでに分裂は強くなっていて、かれの思考がわたしにとどかない。

エルもこの意味をわかっている。われわれにはダニエルとしての共通プログラムがあるが、たとえば危険が迫ったときには、両者の意識統合に影響が生じる。つまり、われわれは危険に脅かされているのだ！

しかし、どこからの？

ジェフは、かれが〝丸太〟にいると考える未知存在について話している。かれのロボットを攻撃し、行方不明のネットウォーカー三名の救出を阻止しようとする、異なるストレンジネス定数を持つ知性体についてだ。

〈エル〉わたしは心のなかで呼びかける。〈どんな危険が分裂を生じさせたのだろうか？〉

〈まだ計算中だ〉と、エル。〈ジェフの言葉となにか関係しているはずだ。いまは、ほかの情報は入っていないのだから〉

わたしにとってはいいきっかけだった。わたしも計算をして、結果をエルに送った。かれはすぐにわたしに賛成した。

ジェフは頭のなかの動きを直接まだ声に発していないが、われわれにはそれがわかる。われわれが体現しているような太古のロボットには、ジェフの救出ロボットのような故障しやすいシントロン・システムはない。ジェフがそれに気づくのは時間の問題だ。つまり今回のような任務の場合、われわれは理想的なロボットということ。〝丸太〟まで行き、それどころかなかに侵入できて、インクとウンク、フリズを救いだせるかもしれない。われわれの原始的な電子システムが過酷なハイパー放射で損害を受けることはないのだから。

ただ、まさにそこに危険がある。われわれの存在を維持するための共通プログラムが警告しているからだ。〝丸太〟への侵入は最期を意味することになるだろう。

忠誠プログラムから通知が入った。これは、エルやわたしの思考とは無関係に動く基幹データの一部だ。ジェフにこの推論を伝えるようにといってくる。忠誠プログラムが勝利をおさめた。

ジェフのところになめらかに向かうと、かれは探るような目を向けてきた。わたしはダニエルとしていった。

「わたしの計算では、わたしは〝丸太〟に侵入できる状況にあるかもしれません。すくなくとも高性能で壊れやすいあなたのロボットよりもチャンスがありそうです。わたしの電子システムは、ハイパー放射に抵抗力があるので」

かれはしばらく黙ってわたしを見つめ、顔をゆがめてつぶやく。

「そのとおりだ、ダニエル。同じようなことをわたしもすでに考えた。だが、きみに似たものをつくって〝丸太〟に送りだす時間がないのだ」

「ですが、わたしがいます」忠誠プログラムが割りこんでくる。

「たしかに。わたしはおまえが好きだ、ダニエル。おまえはよく、わたしの唯一の会話相手になってくれた。おまえと別れるのはとてもつらい。感傷といってもかまわない。おまえはここにのこるのだ」

エルとわたしが安堵の息をつけるなら、いま、そうしていただろう。ともかく、忠誠プログラムに短いメッセージを送ることにする。もちろん理解されないだろうが、それはどうでもいい。

こういうメッセージだ。

「やあい！」

5

つづく数時間は、ジェフリー・アベル・ワリンジャーにとってきびしい忍耐の試練だった。第一弾のグリゴロフ・ゾンデのうち八機が行方不明のままだ。のこりの五機が持ち帰った情報は、分析する価値もなかった。

しかし、ハイパー物理学者は、スクラップ同然のゾンデから学んだことがあった。五機のベクトルから発生するストレンジネス値は、たがいに非常に近いのと同時に、ゼロからきわめてかけはなれている。〝丸太〟の放射から算出したストレンジネス値の不正確さは、根本的にここに関係していた。

第二弾のゾンデ十二機は、グリゴロフ・プロジェクターのスイッチ切り替えを制御したさいに得られるストレンジネス値が、この値いのいくらか下になるようにプログラミングされていた。値いを下に設定したのは、〝丸太〟のストレンジネス値がほとんどつねに減少しつづけていることを考慮したために必要なことだった。

ワリンジャーは、この作戦は物理上では非論理的だとよく理解していた。実際、計算のためには〝丸太〟の本来の値いを基本にするべきなのだ。というのも、このストレンジネス定数は、並行宇宙に属するものにちがいないからだ。長さ八十キロメートル、厚さ十五から二十五キロメートルの不格好な巨大な物体は、そこからやってきたと必然的に推定される。

かれがこのような非論理的に思われることを実行したのには理由があった。〝丸太〟は現在のこの宇宙に存在しているが、おそらくこの宇宙のものではない。〝丸太〟の本来のストレンジネス値を特定する試みは実行されていて、第一弾のゾンデのなかには、そのようにプログラミングされたものもあった。しかし、そのうちのいずれももどってきていない。

だからワリンジャーは、〝丸太〟が中継機能をはたしているかもしれないと考えたのだ。近くでストレンジネス定数に相応するストレンジネス値が発生すれば、ゾンデは〝丸太〟の本来の宇宙に到達できるだろう。

ここには憶測が入っていた。それは、当該サイズのベクトルを発生させたにちがいないゾンデ五機が帰ってきたという事実だけにもとづいている。さらに、自分の論理に固執するワリンジャーにとって、この五機が並行宇宙に入ったというのはたしかなことだった。なぜ壊れたのか、理由はわからないが。

とにかく、この方向でさらに実験をしなくてはならない。

ワリンジャーの夢は、記録装置が機能不全におちいっていない新しいゾンデがもどってくることだった。そうなれば、推測でしかない並行宇宙の映像が見られるだろう。未知銀河の海、見たことのない星座、さらに多くの不思議なものを確認できるだろう。しかし、なによりもゾンデがセンサーで測定したデータを持ち帰ってくれば、そこからこの宇宙の本当のストレンジネス定数を特定できる。

輝かしい夢はさらに膨《ふく》らんだ。〝丸太〟の起源について具体的な詳細を得られる可能性もある……第二次計画が部分的にでも成功すれば。

だが、それがわからなければ、勇敢なネットウォーカー三名を救出しようとしてもむだだ。刻一刻と時が流れ、救出できる可能性が失われていくのを考慮しながら、それでもなにも実行できていない。すでに万策つきていたのだ。

これを認識してテラナーは苦しんでいたが、自由に行動する余地はなかった。グリゴロフ・ゾンデでまわり道に見えるところを進み、あらたな背景の情報を得るしかない。いずれにせよ、〝丸太〟に存在すると推定される知性体が、もしもインクとウンク、フリズ・ヘッデーレを殺そうと考えているなら、すでに遅すぎるだろう。ダニエルの出動はあくまでも最終手段だ。

ムールガ星系のはるか外側に設置されたゾンデによる最新の測定では、〝丸太〟の物質のストレンジネス値が減少しつづけていることが強調されていた。この減少は〝丸太〟が新しい環境、つまりアインシュタイン空間に適応している結果だと、ワリンジャーはすでに分析している。

未知の物体はしだいに新しい環境に〝受け入れられて〟いた。この適応は自然なものに見えた。すくなくとも、たとえば〝丸太〟にいると推定される知性体によって促進させられているようなようすはなかった。

四光分境界をつくりだし、救出ロボットのシントロン・システムを故障させた過酷なハイパー放射は、この適応の作用にすぎないのかもしれない。完全に閉ざされたシステムである〝丸太〟は、新しい環境に〝なじむ〟ために、持続的にエネルギーを放出しているということ。これは、説明しがたい出来ごとについてなりたつ、ひとつの解釈だ。しかし、この理論には証拠がなかった。

ジェフリー・ワリンジャーにとって、自分の部分的論理と結びついたストレンジネス値の進展は、あらたな期待を感じさせた。もしかしたら〝丸太〟の過酷なハイパー放射はさらに減少をつづけ、最終的には完全に消滅するかもしれない。そうすればプシオン・フィールドの混乱に終止符が打たれるだろう。そのあとは〝丸太〟への接近の試みはリスクがすくなくなり、より成果があがるだろう。

ただ、天才的な男にとってはいずれも疑問符ののこる案だった。そのうちの多くは、〝丸太〟の知性体についてべつの仮定が事実だと確定されれば、つじつまが合わなくなる。

この憂鬱《ゆううつ》な時間、かれは唯一の対話相手であるダニエルに自分の考えを話していた。しかし、今回ダニエルはきわめて寡黙だった。返事として、まるでそぐわないラテン語の文章をいくつか発しただけだ。

ワリンジャーは賢明にも、このロボットが奇妙な方法で自分の問題にとりくんでいると気づいた。現状ではやはり自分が〝丸太〟の表面に到達できる唯一の有能な機器かもしれないと、わかったのだろうと推測する。

「わたしの理論についてなにかいってくれると、ありがたいのだが」ワリンジャーは低い声でいった。「潤滑油も用意してあるぞ」

「潤滑油などいりません」と、ダニエル。「そこまで旧式ではないので。むしろ電子ロボット開発品のなかで、わたしは完璧な製品だと思っています。あなたもご存じですよね」

「持論については話した。潤滑油の件は、ユーモアあふれる言葉にすぎない」

「いま、ユーモア精神に関するわたしのプログラムは、ちょうど作業場に入っています」ダニエルは冷静にいいかえした。「わたしが〝丸太〟からもどったら、またとりもどします。そしてあなたの理論については、ジェフ、まあラテン語でいえば〝クォド・エラト・デモンストランドゥム〟です。つまり、かく証明されるべきであったということと。あなたはなにか証明しましたか？　いいえ！　優秀な電子ロボットにとっては、すべてよけいな推測です。わたしは五十万桁《けた》の数字から素数を導きだせます。ですが、あなたの理論ではわたしはなにもできません」

「だが、わたしの理論は正しい。すくなくともその一部は。あるいは、違うのか？」

「あるいは」と、ロボットは淡々と答えた。「ネットウォーカー三名の生存率をどう考えますか？」

「五分五分だ」ワリンジャーは、宇宙ゾンデを監視しているステーションのひとつを探りながら答えた。

「とても非科学的な表現ですね、教授」ダニエルはワリンジャーの隣りにすべるように進み、触手型アームを伸ばした。先端についたボルトで監視システムを微調整する。

「むしろ百分の一でしょう」

「フリズと二名の重力飛翔者のことが気になるのだな。できればすぐに〝丸太〟に出発したいのだろう」ハイパー物理学者は話しながら、ステーションのスクリーンに表示された数字の列を確認した。「AR‐一四八がなにか見つけたようだ。だが、ステーションから映像が流れてこない」

AR‐一四八は、本来〝丸太〟の監視には向かない位置にあるステーションだ。この数週間、ムールガ星系から百四十八光時の距離にあり、〝丸太〟とは反対側に配置されている。「わたしにはどの生物のことも気になります」ダニエルはかたくるしく説明した。「わたしの生命維持プログラムは忠誠プログラムと対立していますが」

「きみのふたつの合成意識は？」ワリンジャーはAR‐一四八から主ポジトロニクスにデータを転送しながら、たずねた。

「いいえ。エルとダニーは、あるいはダニーとエルは、対立していません。両者は基幹プログラムの構造に属するので。分析結果もあります」

突然、ロボットが話題を変えた。

「宇宙ステーションAR‐一四八がなにか発見しました。未知の物体です。サイズから、行方不明のゾンデの一機と考えられます」

「本当か？」ワリンジャーは電気ショックを受けたように跳びあがった。

「はい」ダニエルはロボットらしくおちついて、「おまけに、かなり無傷なようです」

ワリンジャーのラボの主ポジトロニクスが、転送されたデータからこの判断を確認した。

「回収しなければ！」ハイパー物理学者の心はあらたな期待に満たされた。

すぐに宇宙船が一隻、AR‐一四八に向かった。

目標より手前の、サバルからわずか十八光秒の距離に、第二次グリゴロフ・ゾンデの二機めが発見された。そこからすぐに鮮明な映像がとどいた。そればかりか、ゾンデは自動システムで通信も送ってきた。

飛行できなくなったが、そのほかは無傷という報告だった。ゾンデの回収には半時間も必要ないだろう。

「もうひとつの宇宙の映像に接近しているぞ、友よ！」ワリンジャーはダニエルのレンズ体をてのひらでたたいて感激を表現した。「ゾンデ十二機のうち二機がもどった。いくらか奇妙なポジションで見つかったが、その程度の誤差は計算ずみだ」

「十二機のうちの二機ですよ」と、ダニエル。「乏しい結果ですね」

ワリンジャーはこの否定的な言葉に反応しなかった。一機めのゾンデの到着に向けてあらゆる準備をしている。AR－一四八がとらえたもう一機は、一時間後にはサバルに着くだろう。

ここで決定的な突破口が開かれるかもしれない。

＊

実際、グリゴロフ・ゾンデはほとんど損傷を受けていなかった。

いまはメイン・ラボの中央プレート上にある。ポジトロニクスが可動式の記憶装置を運び、すぐに分析を開始して出力インターフェースにつないだ。

エンジンは文字どおり燃えつきていたが、五メートル弱の胴体のほかの部分は無傷だった。ワリンジャーは、ダニエルの触手型アームとポジトロニクスのセンサー・アームのあいだで興奮してはねまわった。かれにはなにもかも進行が遅く感じられる。

とうとう全データの解読が終わった。

ダニエルはさらに独自の手段でゾンデの胴体を調べ、ラボのポジトロニクスは記録映像を拡大してうつしだしはじめた。

ワリンジャーが最初に発した口笛のような音が、高音から低音にさがる。ダニエルは映像とチーフの行動を同時に追い、そのさいアーム十八本のうち七本を使って調査していたが、出した結論はただひとつだった。

失望だ！

スクリーンにははじめは黒い色しかうつらず、そこを薄暗い影が動いていた。この動きがほんものなのか、それとも記録システムが移動しているせいでそううつっているのかは判断不能だ。

つづいて、ぼやけた輪郭が浮かびあがった。その線は部分的に規則正しいかたちになっている。ワリンジャーはそこに角や均整のとれたかたちの円弧があると思いかけたが、確信は持てなかった。

一度、映像が閃光をはなった。その明るさにテラナーは一瞬、思わず目を閉じた。

「いまのところをもう一度」制御ポジトロニクスに指示する。「明度と速度を落とせ。静止画でもいいくらいだ」

「この映像は〇・一二秒しかありません」すべてを調整していた主ポジトロニクスがいう。「いまの現象はほかのチャンネルからのもので、おそらく障害として記録されたのでしょう」

ワリンジャーがどれだけためしても、この光輝現象のなかに具体的なものは見わけられなかった。背景に直線的ですこし角が目だつ暗い点があるが、それだけだ。

「つづけろ」と、命じる。

期待していた未知銀河の映像はあらわれなかった。暗闇と薄暗がりが交互にうつり、そのあいだにくりかえし、均整のとれた輪郭があらわれるが……ちいさい！　銀河のようではない。空虚空間にあてはまるものでもない。

「めずらしい偶然です」ダニエルが急《せ》きたてるようにいう。「あなたのゾンデはべつの宇宙の地下墓地に着陸したのですね」

「黙れ！」スクリーンから目をはなすことなく、ワリンジャーはうなった。

より大きな影があらわれた。壁のようで、すぐにそれは消え去った。ゾンデは方向転換をくりかえしながら、高速で動いているようだ。自動記録システム対象に近づいたりはなれたりする動作を無作為に切り替えていて、鮮明な映像はほとんど得られていない。

しかし、このように映像は不充分で混乱していたが、ひとつ確実なことがあった。このゾンデは〝なにか〟のなかに入ったにちがいないのだ。

また閃光があらわれた。ワリンジャーは今回も明度を弱くした静止画をつくらせた。まったくピントが合っていない。これを記録したさい、自動システムに技術的な負荷がかかったようだ。

背景のただひとつ暗い部分もまったく焦点が合っていないが、すこし想像力を働かせると、低いテーブルに十字形のものが立っているように見える。実際は、ととのったかたちがぼんやりと感じられる輪郭しかわからないのだが。

「なにに見える？」細胞活性装置保持者はロボット執事にたずねた。

「木です」と、ダニエル。「下は幅ひろく、上には、細すぎてみじめに見える枝が二本あります。ですが、逆さにすると、天井からさがるマイクロフォンにも見えます」

ダニエルの言葉がまるで役にたたないので、ワリンジャーは質問するのを断念した。のこった記録も暗い映像ばかりで、直線がときに見えるだけだ。

「くそ！」ワリンジャーは悪態をついた。

ラボのポジトロニクスがゾンデの測定データの分析を終了し、記録と分析結果を複数の映像スクリーンに表示した。

ハイパー物理学者は、その映像にとりくんだ。長い時間は必要ない。頭はいつものように冴えていて、数分後には全体を把握していた。

ゾンデの測定データから、三つの明白な発見があった。

一、ゾンデはみずからが属する標準宇宙をはなれた。

二、ゾンデはみずからが属する標準宇宙をはなれなかった。

三、ゾンデはなにかの閉ざされた空間に入ったが、そこは空虚空間ではない。

はじめのふたつは矛盾している。三つめは、期待された映像が見られなかった理由の説明になっている。

この矛盾は、監視ステーションAR－一四八が発見した二機めのゾンデが着いても、まだのこっていた。その測定データは一機めとほとんど同じだった。このグリゴロフ・ゾンデがとくに強調したのは、やはり自身が属する標準宇宙からはなれたことと……そして同様に、はなれていないことだったのだ！

ワリンジャーはそれを独自に解釈したが、まだダニエルにさえも黙っていた。ハイパー物理学者は、ほかのゾンデが首尾よくもどると考えるには時間が経過しすぎていることに気づいた。十二機のうち、二機で終了かもしれない。

AR－一四八がとらえたゾンデの映像記録も完全な状態でのこっていた。ワリンジャーはあらたな発見があるとは思わなかったが、この映像も見てみたいと思った。

最初のゾンデのものと百パーセントといっていいほど似ていたが、こちらは一瞬の閃光が七回あらわれた。ラボのポジトロニクスがつくりだした静止画のうち六枚は、ただ白くうつっているだけだ。

だが一枚だけ、ワリンジャーが想像もしていなかったふたつのものがはっきりうつっていた。それは鮮明で、誤解が生じる余地はなかった。

手前に見えるのは、キュウリに似たものの中央部だ。両端はうつっていない。キュウリの断片が、スクリーンの右側の一部を埋めている。

その奥にはブーツが見える。それは脚のごく一部分だ。どこか、テラのものを非常に想起させる。

ワリンジャーはダニエルにたずねたが、ほとんど役にたたなかった。しかし、ロボットは触手型アームをブーツに向けて、そこを拡大システムでうつし、こういった。

「そこになにかあります、ジェフ。インターコスモで〝プロフォス産本革〟と記されています。さらに同じ言語でつづきがありますが、わたしには意味がわかりません」

「つづりは？」と、ワリンジャー。

「M、A、D、E……スペース……O、N……スペース……T、E、R、R、A」

「メイド・オン・テラ」ジェフリー・アベル・ワリンジャーはくりかえした。「きっといまでもテラには宣伝のためにこの古い文句を使う企業がいくつかあるはず。なんということだ、ダニエル！　これはテラ製ブーツの映像だ。ありえない。このキュウリも同じく、ありえない」

「全体を見誤ったのでは？」

ワリンジャーはかぶりを振った。

「映像とデータから導きだされる結論はひとつだ、ダニエル。二機のゾンデは並行宇宙ではなく〝丸太〟に行ったのだ！　そこまでは、すくなくともわたしも考えていた。だがいま、〝丸太〟にプロフォス産の革のテラ製ブーツとキュウリがあるとわかった。これはまったく理屈に合わない、友よ」

「〝丸太〟の者たちのところにキュウリ商人が押しかけたのかもしれないですね」ロボットがいう。

「きみはどうかしている！」テラナーはうなった。視線を突然、ロボットからスクリーンにうつす。ポジトロニクスはブーツに刻まれた文字を確認し、ダニエルと同じように解釈していた。

ハイパー物理学者は、まだかぶりを振っていた。厳密な科学的考察や調査や苦労が、この映像で大きな一撃を受けたのだ。これらの矛盾や対立は科学では解決できない。

「絶望感に襲われているのですね」ダニエルはジェフリー・アベル・ワリンジャーにすべりより、触手型アームの先を肩にかけた。「わたしにもまったくわからず、見通しも立てられません、ジェフ。ですが、あなたにはまさに見通しこそが必要なのです。わたしにもそうです。インクとウンク、フリズも同じでしょう。われわれに必要なのは明確さです。ええ、わたしにもです。わたしの基幹構造のなかにあるのは、忠誠プログラムだけではありません。一石二鳥プログラムもあるのです。わたしのエルの部分はそれだけでつくられていますが、ダニエル全体がそれを受け入れています。明確さが得られるのは、〝丸太〟のそばに行くか、その内部に入ったときだけでしょう。さらに、それはネットウォーカー三名……下半身をかくした者と二名の重力飛翔者……の助けにもなります」

細胞活性装置保持者はしばらく黙ったまま、旧式の素朴な電子ロボットを暗い表情で見つめていたが、その目に光が宿った。いくらか絶望的な笑みが口のはしに浮かんだ。

「失せろ、ぽんこつ！」

ダニエルのロボット体をデジタル・インパルスが流れた。ワリンジャーには聞きとれなかったが、それは忠誠プログラムからのもので、ダニーとエルのふたつの合成意識に同時に到達した。

デジタル・インパルスの列はひとつの言葉をあらわしていた。

「やあい！」

6

ファカッガチュア

ひとつの目標は……いや、実際には目標はふたつあるが……まだ遠いということがわかった。それに気づいて以来、基本的に気分はよくなっている。わたしは探索しなければならない。そして、コマンザタラを見つけなければならない。ふたつの目標には共通点がない。でも、どちらもわたしから生じたものだ。ひとつは感情から、もうひとつは理性から。

実現できる目標について考える以上に自然なことなど、あるだろうか？　もちろん、コマンザタラのことだ！

彼女と上位概念のイメージについて考えれば考えるほど、コマンザタラがまだ生きているのがはっきり感じられる。もちろん、生きているのだ！　心地よい発見のようにわたしのなかに吹きこんでくる異世界の影響により、わたしはそれに気づく。この異世界は、わたしの記憶の大きな空白を乗りこえることにも役だつかもしれない。

ここで見つけた良質な大地で活力を得られた。水と栄養分でわたしはよみがえった。気分がいい。花頭はいまも紺色で、光っていないけれど。

それがどうした？　関係ない！　わたしはまた生きるよろこびを感じる。目標がふたつあるから。逆境のせいで忘れなければならなかったことを、これで忘れられる。

コマンザタラが殺害をおこなった。わたしにはけっしてできないだろう。わたしは現実存在だから。しかし、彼女の行動のしかたはわかってきた。それは異世界に関係している。この世界は水と栄養分をふくんだ温かい風のようにわたしの根に流れ、わたしをやさしくつつみこみ、あらたな地平線を開いてくれる。

そのうちもっと気分がよくなったら、この異世界の過去のイメージをうまくつくりだせるだろう。そのなかで、執行者オリヴァー・グルーターの命が捧げられたのはもっともなことで、ジジ・フッゼルを守るためだったのだとわかるだろう。それが正しいのかは、まだわからない。しかし、新しい興奮の火花がわたしにひらめいた。

ひょっとすると、わたしはずっと抑圧されていたのか？

ひょっとすると、コマンザタラもずっと抑圧されていたのか？

それを見いだしたい。コマンザタラとともに。彼女はこの異世界のどこかにまだ存在しているにちがいない。

ちなみに、わたしには彼女のいまの現実の上位イメージをつくる勇気はなかった。そのような問題にあえて触れることなどできない。でも、いつかは挑戦してみたい。それは約束します、コマンザタラ！

わたしの目標は明白だ。この目標の実現は謎につつまれている。はじめから終わりまで。でも、目的地を定めれば、最初の一歩を踏みだせるようになる。過去と現在、両者はまったくひとつのものだ。さらに、未来もだ。だれがすべてをつないでいるのか？このすばらしい関係を？

意味のわからない奇妙な記憶が浮かぶ。

過去が緊急の救援をもとめている。過去は存在をかけた戦いだった。過去はタルカン。現在は救援をもとめることのつづきだ。現在は異世界。

未来は暗いところだ。コマンザタラはいない。タルカンもない。

どういう意味かわからない。わからない！　わたしの花が暗くなる。わたしはふたたび目標に集中する。コマンザタラに。

彼女は異世界のものになってしまった。それはいい。たとえ、わたしには理解できない理由から、ほかの生物を守るためにある生物を殺すとしても。それが正しいのかという疑問はもう考えない。わたしは探す。まずはコマンザタラを。それから、自分でも知らない目標を。

コマンザタラを探すにはなにが必要だろうか？

異世界だ！　異世界の者だけが彼女を知ることができる。

わずかに感じたのは二名の生物のシュプールだった。二名の二足歩行者。大きい者とちいさい者が一名ずつ。そのシュプールをわたしは見失ってしまった。もしかしたら、また見つけられるかもしれない。もしかしたら、ほかの異質な存在も見つけられるかもしれない。この温かな場所、温かさがますます増していく場所で。ちなみに、わたしが好きなのは冷たさ、氷、氷河だ。そこではみずからを再生することができる。

わたしは強くなっている。意識はさわやかだ。悲しみは阻止できる。探さなくては。異世界のなかから援助者を。

境界にそういう者がいたのではないか？　みずからの世界と異世界との境界に？　わたしに触れた吐息は、そこからのものではなかったか？　探してみたほうがいいかもしれない。

突然、頭上の人工恒星のスイッチが切れた。

一匹の虫がわたしの根をかじりはじめる。

異世界はいまもまだ、わたしの曲がった茎をなでている。

人工恒星がふたたび燃えあがるが、今回は明確に弱くなっていた。

わたしはコマンザタラのことを考える。

虫を感じる。

わたしはコマンザタラと虫のことを考えた。

虫がまた根をかじる。人工恒星がゆらめく。

わたしは叫ぶ。

「コマンザタラ！　なにを感じているの？」

直接的な回答はない。ただ、あらたな感覚があった。さらに、またべつの感覚が。異世界からの感覚だ。

虫はまだかじっている。すぐに、蓄えのための塊茎の殻を破ってしまった。わたしはがまんし、耐えるしかない。わたしはそういう者だ。耐えてがまんする……もうこれ以上は無理よ、コマンザタラ！　たとえどんなに不完全でも、あなたのイメージがわたしを救う。そして、異世界が救う。

わたしはなにか恐ろしいことをする。虫を殺すのだ。自分をべつの場所にうつすのはかんたんだろうけど、そこでもいずれべつの虫がくる。そうしたら、またあらたな場所にうつり、またほかの虫がきたら、またうつり……

わたしは考えるのをやめて、出発した。水も養分もないホールを発見したからだ。

虫は死んだ。わたしはその虫から目をそむけなかった。死骸をハタネズミが食べる。ハタネズミはよろこびさえ感じている。本能的なよろこびだ。

なにかしなくては。コマンザタラのところにわたしを導く異世界の存在を見つけなくては。虫のことも重要だが、虫にはもはやわたしの蓄えをかじる権利はない。

異世界の吐息。

わたしはすべてを忘れ、感覚で探り、探しはじめた。まず、外の異世界のものが、内側のものに接近しようとしているのを感じる。しかも、それはうまくいった。自動的にといってもいい。外でも内側でも、あらゆるものがなにかを探している。探すこと。それがきわめて決定的な存在の鍵のようだ。探すのだ！

思考を受けとる。

ある者は正常さをもとめている。それがなにかも知らないまま。

またある者は永遠のパートナーを探している。それがなにか、正確にはわからない。

だが、わたしはコマンザタラを探している。

飛翔する能力を探す者もいる。それがどういう意味かはわかるが、わたしは飛べない。

しかし、探すことはできる。

援助を探しもとめる者もいる。絶望しているようだ。その者の名前が響いてくるが、わたしには理解できない。コマンザタラとは違う響きだ。ウンクというように聞こえる。

永遠の平和をもとめながら、同時に自分の怠惰を責めている者もいる。怠惰と永遠の平和に関連があるのか、わたしにはわからない。しかし、関連があるように思える。感覚がとても似ているからだ。かれの名はフリズ・ヘッデーレ。かれは異世界の者だ！

異世界！　異質なのか？

だが、それはわたしが探しているものだ。コマンザタラを見つけだすために。まだなにかいる。それは死にかけている。名前はインクだ。

かつては……つまり、コマンザタラの上位イメージを得る前には……一生物の死を自分の感覚で見ることはけっしてできなかっただろう。いま、わたしはそれができている。

インクは美しかった。幅はわたしの何倍もあるが、きわめて薄い。幅ひろく薄いからだに十二個ほどの膨らみがある。反重力器官を保有していて、浮遊できる。浮いているときには、からだを波打つように動かして移動する。すばらしい生物だ。わたしは驚いた。宇宙の自然は、まさに言葉にあらわせないほどの生物を生みだす。みごとだ。

インクは死ぬが、わたしはその姿を自分のなかに記録する。わたしはかれから学べるかもしれない。そして、自身の不完全さを認めるだろう。

ふたつの衝撃がわたしのなかで音をたてる。

インクは異世界の者だ。わたしはすでに気づいていた。しかし、そのときは反応しなかった。

インクは命の危機におちいっている。一名のモリブダエンがかれを殺そうとしている。モリブダエン？　モリブダエン？　わからない。この名前に聞きおぼえがあるのか？　記憶喪失のショックがまだのこっているのだろうか？　あるいは不活性化のショックか？　それとも異世界によるショック？

イメージは鮮明だ。

モリブダエンがインクを金属製の壁に投げつけた。べつのモリブダエンがたけり狂ったように笑う。もう一名のインク、こちらの名前はウンクだが、〝辺境の倉庫〟じゅうを舞い飛んでいる。

〝辺境の倉庫〟とは？

わからない。

インクは美しい。コマンザタラは好きなようにできるけれど、命を奪うのは、わたしはいやだ。わたし、ファカッガチュアは望まない。

わたしは行動する。充分な力があるからだ。わたしの本来の自我と、殺害をおこなうコマンザタラの衝動を健全に混ぜあわせてみたい。ものごとが起きている場所に移動する。そこは異世界との境界の近くだ。

インクが完全に無菌で不自然さに満ちた明るい空間を飛んでいる。モリブダエンの暴力によって壁に向かっていき、そこで押しつぶされる。

ウンクは鋼製の床に横たわり、動かない。その隣りには、下半身がプラスティック・カーテンでおおわれた樽のようなかたちの生物がいる。上半身は、わたしが目ざめたあとにふと感じた二足歩行者二名のうちの一名に似ている。こちらも動かない。

そこにモリブダエンたちがいる。かれらはそういう名前ではない。わたしがそう呼ぶのは、第一印象でその名前が伝えられたから。名前は重要だ。二本の腕を持つ、カーテンにおおわれた樽形生物の名前は、フリズ・ヘッデーレ。モリブダエンたちにも名前があるが、かれらの精神は錯乱していて、わたしにはわからない。モリブダエンという名でないことだけは感じる。

インクはまだ壁に向かって飛んでいる。かれは衝突して死ぬだろう。コマンザタラ、いま、あなただったらどう行動するの？

上位のイメージによる回答を待つ時間はない。回答を得られるかどうかもあやしい。だから、わたしはひとりで行動しなくてはならない。

それはわたしらしくない。わたしにはできない。インクは大きい……わたしにくらべれば。わたしは曲がった植物で、かわいらしく、無害だ。でも、わたしに力があれば、かれを死なせないこともできる。いま、わたしにはその力がある。というのも、不活性フェーズが終わってひどいショックを受けたあと、わたしは回復したから。

実際、とてもかんたんなことだ。土がないから根は傷むが、フアカッガチュアは根からの補給がなくても、数回のインパルスならどうにか発生させられる。

空間を移動する。インクはちいさな植物が視界に入ったことに気づかず、青銅のような壁にぶつかった。かれはわたしを見られなかった。二重の意味で朦朧《もうろう》としていたからだ。まず、かれにとっては異世界であるこの世界のエネルギーによって、ぼんやりしている。さらに、モリブダエン……これはまったく違う名称だろうが、この生物もやはり困惑している……が、かれを肉体的に痛めつけた。

わたしはかれの前に出る。インクに触れる瞬間、わたしはまた移動して、いまの記憶がはじまった最初の場所にかれを連れていった。壁がたくさんある部屋だ。かれは床に倒れて、なにもいわない。

「ねえ」わたしの声はとてもちいさい。「ねえ、インク！ 大丈夫？」

かれが動く。白くてたいらなからだが動き、からだの厚い部分が膨らむ。時間が必要なようなので、しばらく待つことにする。

「あとの二名も〝丸太〟から出してやってくれ」かれが口笛を吹くような声でいった。

「外に出してほしい、すごい植物よ。たのむ」

かれのいったことが理解できず、わたしは深く考えはじめる。二名というのは、ウンクとフリズ・ヘッデーレのことかもしれない。インクに似ている生物と、ちいさな二足歩行者とともにわたしの最初の感覚にあらわれた二足歩行者の上半身に似た生物だ。

そのときの思考エコーがある！ いまは、それがもうひとりの異世界の者フリズ・ヘッデーレから発せられたものだとわかる。ラト……？

思考エコーが消えた。行動しなくては。インクは感じがよくて美しいが、孤独だ。ウンクがいないから。そして、フリズも。わたしはインクに、力がつきてもふたりを連れてくるといった。かれも同意の気持ちをはなつが、床に平たく寝ている。かれはひと言いった。わたしの根を硬直させるほどはっきりと。

〝丸太！〟

「丸太って、薪《たきぎ》のこと？」わたしはたずねる。

反重力器官を持つ平たく白いからだが痙攣《けいれん》する。

「薪？」押しだすようにいう。「〝丸太〟だ、ちいさいがりっぱな植物よ。きみはすばらしい。わたしはシスラペンという種族で、ウンクもそうだ。フリズ・ヘッデーレは違う。わたしの脳ははっきりしている。きみの存在は、昇りくる千の恒星よりもみごとだ。いまはまだ混乱していて礼がいえないが」

「〝丸太〟って？」わたしはさっきと同じようにしずかに問いかけた。わたしは知りたいのだ。

インクは羽ばたくが、力が入らず、床から浮かびあがれない。声も弱い。しかし、それはわたしには問題ない。

「巨大な物体だ」と、うめく。「ジェフリー・アベル・ワリンジャーは、べつの宇宙からきたものだと考えている。異なるストレンジネス定数を持つ存在で、われわれはそれを究明しようとしている。われわれネットウォーカーは、永遠の戦士エスタルトゥの狂気に抵抗し、プシオンの破壊を……」

かれはくずおれて、黙った。

わたしは自分が目ざめた石の上でぐずぐずしている。いまは輪郭がはっきりと見えてきた。わたしはかれらの面倒をみる。自分の世界でありながら異質になってしまったこの世界で。まず、ウンクとフリズを連れてこよう。インクは生きのびるだろう。それを感じる。

コマンザタラ！　あなたのイメージを送って！　お願い。

なにもない。まったくない。

わたしはフリズとウンクを連れてきた。そして、力つきた。集めた力を使いはたしたのだ。フリズは目ざめているけれど、無言だ。自分について考えているのだろう。それはいいことかもしれない。ウンクがインクにしがみつく。両名ともよろこんでいる。望みのない状況にあるとわかっているのだけれど。

この者たちがコマンザタラを見つけるのを手伝ってくれる存在だろうか？　かれらは異世界の者だ。異質で、好感は持てるが無秩序で、予測がつかない。

三名全員が休んでいる。インクとウンク。そして、フリズ。わたしは黙ったまま、かれらを調べる。わたしの感覚のおかげでそれができる。わたしはただコマンザタラを見つけたいだけ。さらに、自分自身は知らない探索の目的を知りたいのだ。

三名全員が休んでいる。かれらは疲れきっている。わたしにはわからない〝丸太〟というものから、なにかが聞こえた。わたしは不活性フェーズとショックのあと、〝丸太〟のなかで目をさましたのだった。異世界とはまるで異なる〝丸太〟のなかで。異なるストレンジネス。この思考がとても純粋にあらわれる。だからといって、わたしにはなにもできないが。感覚が異なるということ？　違う！　ただ探すのみだ！　探すことこそ命のすべてだ。

とても奇妙な話だった。異世界の者三名が近くにいる。そのせいで自分も異質になるような気さえしてくる。錯乱放射から回復しなければならない休息者たちが目の前にいる。かれらは善人だ。コマンザタラのように。わたしが属している異世界の者たちのように。属していた、だろうか？

わからない。

しかし、わかったこともある。この三名の思考をいま読みとれたことで、かれらが一名のフラブメス人と二名のシスラペンだとわかったのだ。それでもわたしは、かれらが〝丸太〟と呼ぶものからかれらを連れだせない。だが、友にはなれる。

それは、ファカッガチュアにとって大きな価値がある。

7

ダニエル

サバルまでの距離は、あと十七光分弱だ。ダニーとエル、われわれはひとつになっている。危険が本当に大きくなったら、われわれはひとつになるのだ。われわれのからだはこのひとつしかない。目標は明確で単純だ。電子的にも理解できる。

ジェフはわたしの単純さにふさわしい宇宙船をあてがってくれた。このブリキ塊は固有名《トータル》という。この名前をどう解釈したらいいかわからない。かれから学んだ言語にあてはまらないからだ。わたしはジェフがいった格言を知っている。トータルはノーマルである。

しかし、これも正しく解釈できない。わたしは原始的な電子ロボットにすぎないのだ。わたしは〝丸太〟に向かって突進する。ポジトロニクスや細胞プラズマを搭載して脆弱になった救出ロボットのように、正確な指示は持たないが。

忠誠プログラムや自己保存プログラムのような、わたしのサブ・プログラムは沈黙している。それはいいことだ。なにしろ、わたしはひとりではない。望むときには、ダニーとエルになる。いまはその必要はないが。

われわれにはジェフも知らないプログラムがある。これについては前にもいった。このプログラムは、われわれが問題に巻きこまれるとかならず起動する。まさにいまのように。がらくたの倉庫でわたしを見つけたとき、天才ジェフでさえ気づかなかった基幹プログラムのひとつで、およそ最高のプログラムだ。友情と誠実さを教え、虚栄心や傲慢に対して冷静になることを教える。また、ほかのプログラムなら思考のなかで展開させることを、つねに言葉にする。

ジェフから学んだのだが、プログラムとは人間の感情、いわゆる〝人間の弱さ〟のようなものだ。

眼前に〝丸太〟が見える。わたしの任務が近づいてきた。合理的に計算すると、わたしのほうがジェフの救出ロボットよりもチャンスがある。

わたしは《トータル》で四光分境界を乗りこえた。M－87に姿を消したイホ・トロトは、ここですでに問題をかかえたのだ。かれは原始的な電子ロボットではないのだから。

《トータル》がわたしを射出する。あらかじめ予測されたことだ。〝丸太〟へはできるだけ目立たないように接近しなければならない。ジェフはそれを望んでいた。この点については、わたしのプログラムもかれに賛成している。エムセ級船団の一隻がわたしを先へと運んでいく。わたしと〝ピギーバック〟を。

ピギーバックとは、ポジトロン制御の機器だ。〝丸太〟の過酷なハイパー放射に弱い。ジェフはそのように計算していたが、ピギーバックはわたしを四光分境界の向こうに飛ばすことができる。わたしにはできない。わたしはグラヴォン台のついた旧式の電子ロボットにすぎないのだ。

ピギーバックはわたしを飛ばすと、自己破壊した。エムセ級船団は消える。空虚空間がわたしを受け入れる。

目標へ高速で向かっていく。荒涼とした時間が長くつづいた。わたしのまわりは空虚だ。予測どおり《トータル》との通信はとだえた。わたしは電子的な孤独を感じる。つまり、わたしの基幹プログラムは矛盾しているということ。

四光分境界は、すでにわたしのはるかうしろにある。分裂プログラムが分裂をもとめてくるが、わたしはひとつのままだ。そこから、より大きな効果が期待できる。プログラムは意見を押しとおせない。

先端にセンサーがついているアームを伸ばす。圧倒的な印象だ。考えていたよりも近くに〝丸太〟がある。ジェフはピギーバックを使ったトリックで、わたしをすくなくとも半光速以上に加速させたにちがいない。〝丸太〟がこれほど近い理由は、ほかに説明できない。

電子システムに障害を感じる。この未知の物質塊のきついハイパー放射を完全にまぬがれることはできないのだろう。しかし、これは推測にすぎない。わたしにはこの放射を計測できるシステムがないからだ。

体内で触手型アーム二本の用意をはじめた。操作に使うのだ。先端に小型ノズルをつくり、そのなかで化学燃焼できるようにする。

重力システムは解除してある。ここでは必要ないし、〝丸太〟の攻撃に対してとくに脆弱かもしれないからだ。サバルにいるときに、ジェフからこの処置について助言されていた。

〝丸太〟の引力はきわめてちいさい。ほとんど感じない。しかし、そろそろ速度を落としはじめないと、〝丸太〟に高速で衝突して、ジェフに二度と会えなくなるだろう。

化学燃焼ノズルの機能に問題はない。もっともなことだ。原始的な技術によって製造されたものだから。そのようなものを〝丸太〟の住民たちは想定していないだろう。基幹プログラムが、〝丸太〟に生物が存在する証拠はないと報告してきた。ただし、それはジェフの理論にすぎないという。

わたしの考えは異なる。ゾンデの計測結果によれば、〝丸太〟にはすくなくとも生物が一名いて、プロフォス産の革のテラ製ブーツを履いている。また、なにかキュウリが関係している。

さらに、わたしはインクとウンク、フリズ・ヘッデーレがそこにいると想定していた。かれらがまだ生きていることを願うしかできないが。発見するのはかんたんではない。〝丸太〟は巨大だ。しかし、ジェフのラボの装置があるので、ストレンジネス・シールドの散乱放射を受信するのに役だつかもしれない。シールドがあるところにネットウォーカー三名もいるはずだ。

〝丸太〟がはっきり認識できるようになった。距離はあと八千キロメートルほどだ。わたしはさらに減速した。数分後に着地するだろう。障害物はない。〝丸太〟にいると思われる者たちに襲われたら、話はべつだが。しかし、目下のところ安全そうだ。

〝丸太〟の表面は粗い感じで黒く、いびつだった。あちこちがガラスのように光っていて、非常な高熱や極端なエネルギー作用にさらされたかのようだ。近くから見ても、技術的なものは認められない。

わたしはこれまで何度も、不規則なかたちの小惑星の映像を見たことがある。それらの天体と〝丸太〟はどこか似ていた。しかし、なにかが異なっている。〝丸太〟は異様な感じがする。

おそらく、ジェフからストレンジネス定数や、〝丸太〟は並行宇宙のものだという説をよく聞いていたせいだろう。わたしはいつも律儀《りちぎ》に同意してきた。しかし、実際のところ、ストレンジネス定数や並行宇宙といわれてもなにも想像できない。わたしの基幹プログラムには、それらについての情報はいっさいふくまれていないのだ。ジェフによる臨機応変な学習プログラムでも、それについて学んだことはほとんどなかった。

わたしの速度は非常に遅くなっている。ゆっくりと、重力メカ性の反撥フィールドを強くしたから。ジェフがグラヴォン台と呼んでいるものだ。〝丸太〟に由来する重力が低いため、エネルギーはあまり必要ない。

とくに長く伸ばした触手型アームが、〝丸太〟の表面の物質に触れる。特別な現象や爆発、エネルギー・フィールドの発生や攻撃があるかと待つが、なにも起こらない！

わたしが完全に着地しても変化はない。表面温度は二百七十ケルビン。つまり、ほぼ氷点下ということ。宇宙船の船体としては温度が高すぎる。〝丸太〟はなんらかの方法で内側から温められているようだ。内部に生物がいるかもしれないというジェフの説が裏づけられる。

光学センサーで全体を探る。いまなおお技術的なものは見つからない。

小型通常通信機の送信準備をととのえる。ジェフにどうにか情報を伝えなくてはならない。そういう予定だ。調整したインパルスを短く送る。四分以上経過したあとに、四光分境界の向こうにいるエムセ級船団の一隻が信号を受け、ハイパーカム用言語に変換する。五分弱でジェフは、わたしが妨害されることなく〝丸太〟の表面に到達したことを知るだろう。

その情報が、暗号化された報告内容のすべてだ。わたしにはハイパーカムの送信機がない。このような過酷なハイパー放射があっては、使っても意味はなかっただろうが。

応答を待つ必要はない。

小型パラボラアンテナで報告を発信したとき、わたしはふたたび、〝丸太〟にいると思われる勢力の介入があるかと待ち受けた。しかし、いまも変わらずしずかだ。

わたしは上昇し、徹底的に捜索を開始した。下には一様な粗い表面があるばかりだ。

加速すると同時に、行方不明のネットウォーカー三名の小型宇宙船があると思われる場所の座標をふくむ探知プログラムを開始する。

さらに作業をつづけ、ストレンジネス・シールドの散乱放射の探知を試みる。しかし、成果はなかった。それは多くの意味を持つ。インクとウンク、フリズの生存可能性がないということをふくめてだ。それでも探知はつづける。

宇宙船も、ストレンジネス・シールドからのエネルギー反射も見つからないが、かわりに〝丸太〟の表面に暗い穴を発見する。幅は十メートルほどだが、とても深い。縁はぎざぎざで、洞穴の出入口のように崩れている。そこに向かいながら、ジェフへの二度めの報告を準備した。もちろん、また通常通信機と、暗号化された報告を使う。

内容は次のとおり。〝入口発見。侵入します〟

この報告を受けとったら、ジェフは驚くだろう。かれはさらにグリゴロフ・ゾンデを送るといっていた。わたしが〝丸太〟のなかに入れば、ゾンデはわたしのシュプールを見つけて追跡するはず。成功するかどうか疑わしいものだが。

暗い穴をゆっくり降下していく。すべての使用可能なセンサーシステムを起動し、触手型アームの上にくりだす。

側壁は石でできていた。ここでも鈍く輝くなめらかな部分があちこちに見つかる。金属かもしれないし、岩石の焼けた跡かもしれない。くわしく調査する時間はない。

わたしにはエネルギーを受信する比較的単純な探知システムがある。周囲で電磁的な性質の通常エネルギーが急に増加したときに反応するものだ。ジェフに通信を送ったときには、このセンサーのスイッチは切っていた。そうしないと、きっと通信に反応してしまっただろう。

そのシステムがいま信号を発しているが、わたしの通信機は作動しない。信号は警告ということ。しかし、それ以上の意味はわからない。通信機のスイッチを入れてみると、いくつかの周波で広帯域のノイズが聞こえる。一瞬、声が聞こえたようだ。あらためて該当の周波をたしかめるが、特別な音は聞こえない。

わたしは警告を受けたが、それはほとんど役にたたなかった。おそらく、直接〝丸太〟に触れたために発生した過酷なハイパー放射の副次効果だろう。

さらに降下していく。はるか下に微光が見える。それとも、光学センサーの誤差だろうか？　この機器はかなり脆弱で、誤作動の率も比較的高いのだ。微光が見えなくなった。

つづいて、やわらかい動きがある。なにか薄いものを気持ちよく突きぬけてすべるような感覚だ。

その瞬間、べつのセンサーが音を発した。ここには呼吸可能な空気があるのだ！　呼吸を必要としないわたしには重要な問題ではないが、生命の存在があるかもしれないということを示唆《しさ》している。

触手型アームを使って、自分が飛んできた方向を確認すると、微光が確認できた。明らかに、大気を保持するためのエネルギー・フィールドを突破したのだ。

エネルギー・フィールドは自然なものではない！　つまり〝丸太〟にはなにかがいる。

ジェフの推測は原則的に正しいにちがいない。

ふたたびエネルギー・フィールドを突破する。現象が理解できたため、すばやく正しく解釈できるようになった。つづいてなにかにつかまれ、加速しながら下に引っぱられていく。数秒間、わたしのプログラムは混乱におちいった。この展開をすばやく把握できないため、論理的に反応できない。

わたしのグラヴォン台の自動装置のほうが速かった。反撥クッションが高く調整されて、わたしの動きがまた安定した。ようやくこの現象の分析も出てくる。

　第二のエネルギー・フィールドを通過すると、ほとんど通常重力の領域に入った。わたしはいらだった。わたしにはそのための独自プログラムがあるからだ。そのフィードバックが、つまり分析されたデータが基幹プログラムに反映されるので、同じことがくりかえされた場合、より迅速に対応できる。重力フィールドが出現したり作動したりといった単純な事象でいらだってしまい、あやうく緊急支援プログラムを作動させるところだった。

　いま、また安心できるようになった。光も見つかった。明滅して光る物質だ。明るい点が側壁に埋めこまれていて、自然由来のものに見える。完全に暗くなることもある。生物ではないかとも考えられたが、最終的には違うと結論を出した。

　降下していく穴がせまくなってきたが、まだ空間は充分にある。重力は一定。計測すると、〇・八五Gだった。

　さらに光の点があらわれる。冷たい光で、石そのものから出ているようだ。

　緊急支援プログラムがまた信号音をたてる。受けとめたものがあまりにも不明確で混乱しているので、恐ろしい。わたしは自分をふたつの合成意識構成要素に分裂させた。エルとして指揮をとり、観察記録をつづける一方、ダニーは緊急支援プログラムを担当し、そこに待機ループをつくる。このループで、またわたしの任務を危険にさらしそうなこのやっかい者が十五分ごとに半秒間だけ通信してくるように設定する。

これがすむと、わたしはまた分裂を解消する。緊急支援プログラムは、わたしのクオーツ制御時刻装置のサイクルで十の二十八乗を三回数える段階ごとに実行された。きっかり十四分五十八秒だ。

わたしはまたおちつき、本来の任務に集中できるようになる。

ふたつの出来ごとが短時間につづけて生じた。

自分がかたい床にぶつかったことと、ストレンジネス・シールドのエネルギーをとらえるセンサーが短い反応をしめしたことだ。

アンテナをあちこちに向ける。結果は満足のいかないものだった。すくなくとも二十の方向からのエコーをとらえる。これでは緻密とはいえない探知でさえ不可能だ。エコーが多いのは、どこか近く、〝丸太〟自体のなかで反射が起きているからだろう。通常の電磁波の作用なら、わたしはわかる。それはハイパーエネルギー領域でも、基本的には違いはない。こうした放射はふつう、物質的な障害となる存在の影響を受けることなく独自の道を進む。

なにが〝丸太〟内での多重エコーを引き起こすのか、だれにわかるだろう！　わたしには無理だ！　わたしは賢いプログラムをいくつかそなえた単純な電子機器にすぎない。ふたつの合成意識構成要素、それも実際にはただのコンピュータの一部にすぎないものを形成する力があり、グラヴォン台をそなえているだけだ。

光学センサーがより多くの光を受けられるように、ライトを点灯する。

そのさい、低いところにある横穴がふたつ見つかった。ここの人工重力の方向に合わせた基準で水平にのびている。

ひとつの横穴から悪臭がひろがっていた。硫化水素といくつかのフッ素化合物が認められる。もちろんわたしが悪臭の影響を受けることはないが、フッ素化合物は問題だ。そもそもフッ素はもっとも攻撃的な元素で、わたしには放射性物質よりも危険だから。また、硫化水素は腐食を意味する。どちらもわたしのためにはならない。

もう一方の横穴を選ぶ。

せまいが、うまく入りこむことができた。ライトはつけたままだ。探知の補助に必要だからだ。高速で進んでいく。

途中、ストレンジネス・シールドのエコーをひろった。あらゆる方向からの反射の発生頻度を計測する。これはサンプリングといい、実際、集めることを意味する。理論的にはいずれか一点に最大値があるはずだ。あるいは、ストレンジネス・シールド三つすべてがまだ存在し、それらが空間的にはなれている場合は、三方向に。それがインクとウンク、フリズを探す方向になるだろう。

サンプリングはうまくいかなかった。頻度の高いところが六点確認されたのだ。あらためてやりなおすしかない。今回は、最初のサンプリングで誤りとされた探知方向をはじめから切っておく。

ふたたび、ほとんど認識できない程度のエネルギー・バリアに到達するが、問題なく通過できた。

その瞬間、輝くような明るさにつつまれる。

なにも反応できない。それほどすばやい出来ごとだった。たけり狂うような叫びが聞こえ、なにか黒いものがこちらに揺れながら飛んでくる。それがわたしをつつみ、触腕をわたしのからだに押しつける。圧力でアームが折れそうになり、引っこめるしかなかった。

これで重要な知覚センサーを奪われてしまった。体内にのこる人工器官は、わたしを完全につつみこむ暗闇を認識するだけだ。わたしは動けなくなった。

なにかがわたしを強くくるむ。強靭《きょうじん》だが、堅固というわけではない。音はほとんど聞こえないが、だれかが意地悪く笑っているように感じる。

ストレンジネス・シールドの散乱エネルギーのエコーがひろえなくなる。救援信号を発するために、からだの外に送信機のアンテナを出すことすらできない。

緊急支援プログラムを時間ループから解放する。プログラムは新しいデータを処理すると、簡潔に伝えてきた。

「お手あげです！」

8

ファアカッガチュア

わたしは異世界の者三名に、回復のための長い休息時間をあたえた。それでもかれらの精神的混乱はほとんどおちついていない。おそらく、かれらが異質なせいだろう。もしかしたら、つねに混乱しているのかもしれない。わたしがほかの名前を知らないためにモリブダエンと呼んだ者たちも、どこか混乱していて、ほとんど狂気におちいっていた。しかし、かれらの精神的な弱さは、インクとウンク、フリズ・ヘッデーレのとは違う性質のものだった。

この休息はわたしにもいい効果があった。休息中に塊茎の蓄えの一部を使いきって、再生したのだ。本来はしっかり再生をおこない、氷原に引きこもるべきなのだが、ここには氷原はない。それはとっくにたしかめてある。

インクとウンクはたがいにしがみついている。そうして助けあっているようだ。フリズは無言で立っていた。目を輝かせて前方を見つめ、光を発生する装置を揺らしている。

ともかく、これのおかげで周囲のようすがわかる。

わたしたちがいるのは、わたしが不活性フェーズのあとに目ざめた部屋だ。いまでもそれより以前のことについては具体的な記憶はない。

この多角形の部屋には台座があり、その上に理解不能な物体がすえつけられている。ひょっとするとロボットかもしれない。ロボットは、わたしに知識がほとんどないもののひとつだ。また、感情的にとらえることもできない。わかったのは、この不格好な物体が原因で、壁までの距離をはかると多重エコーが発生するということだけだ。

インクとウンクは白くて平たい。わたしの身長のほぼ三倍の幅があり、からだにはいくつか突起がある。視覚器官の膨らみと、拍動する発声器官がわかる。両名はしずかに会話をして、狂気の影響をもっとも受けているフリズを巻きこまないようにしている。

その言語はわたしには未知のものだが、もちろん感情振動を通じて正確に理解できる。内容的にはまだ多くが謎のままだが。

かれらは不完全にしか機能しないストレンジネス・シールドについて語り、自分たちのからだにとりつけられたちいさな箱を突起でさししめした。思考のなかで自身をフラブメス人と呼ぶ背の高いフリズにも、このようなちいさな箱がついている。

とうとうシスラペンの一名がこちらを向いた。インクだ。あらためてしずかな言葉でわたしに感謝を述べる。

「きみがわたしを理解しているのを感じるよ、不思議な植物。きみの名前と、われわれを助けた理由を教えてくれ」

教える気はなかった。おまけに自身の力も弱っているのだ。

「時間がない」インクはつづける。「フリズはすでに放心状態だ。〝丸太〟の放射がわれわれの精神を狂わせる。ストレンジネス・シールドはもう正常に機能していない。すぐにウンクとわたしも狂気で麻痺するだろう。きみは〝丸太〟の住民か？」

〝丸太〟という言葉を奇妙に強調している。それが、この環境をさしていることはわかる。もちろんわたしは答えない。コマンザタラの話が出ないからだ。わたしにとって重要なのはそれだけ。シスラペンの考えがわからない。わたしがかれを死の寸前に助けたのは、コマンザタラについて知るためだとわかっているはず。やはり、かれは異世界の者なのだ。コマンザタラもそうなってしまった。

ひょっとすると、わたしは異世界というのを誤解しているのかもしれない。だから、まずは黙っていなければ。

インクはなにかを探しているようだ。ウンクも、フリズも。思考中枢が崩壊寸前にもかかわらず、その衝動が感じられる。

「その花はほうっておけ」ウンクがつぶやき、インクに手を伸ばす。「花がわれわれを窮地から救ったなど、信じられない。〝丸太〟の放射で思考がおかしくなり、そんな妄想をいだくようになったにちがいない」

「わたしはそうは思わない」インクが立腹する。わたしにはそれが感じられる。かれがしようとしていることもわかる。

インクは把握手をわたしに伸ばそうとする。わたしを捕まえ、反応を引きだしたいのだ。わたしは自分の規則にしたがって姿を見えなくする。すると、かれの手がさがった。

「きみは花を追いはらったな！」ウンクが文句をいう。

「追いはらった！」フリズも大声でいう。かれの上半身は二足歩行者二名のうちのひとりと同じように見えて、すこし違うところがある。

フラブメス人は錯覚にとりつかれてインクをつかみ、インクがストレンジネス・シールドと呼ぶ小箱を手にとった。ちいさな機器が床に落ち、インクは悲鳴をあげて下に墜落した。重力器官が機能しなくなったのだ。

ウンクがフリズに襲いかかった。フリズの光る装置にぶつかり、光がすぐに消える。部屋のなかが恐ろしい笑い声で満たされる。

かれらはなぜこんなことをしているのだろう？　コマンザタラの話はなぜ出ないのか？

上位の思考がわたしに入りこむ。ウニモルのサボテンの棘《とげ》のような鋭さだ。ウニモルの早朝の露のように澄んでいて、ウニモルの恒星のように明るい。

イメージではない。思考にすぎない。はるか遠くからとどく。

〝あなたとあなたの問題は、あなただけのものではない、ファカッガチュア。インクを死から救ったときにしたように、他者の世話をするために心を開きなさい。自分のことは考えずに！　相手がどう見えようと、他者のことを考えなさい。異世界の者でもそうでなくても。異世界も無比の世界も、実際には存在しない。あなたが探索しているものは、そのどちらでもない！〟

この上位の思考が、だれからいつやってくるのかわからない。ただそこにある。わたしはそれを追う。自分の目標を忘れる。わたしはただの中立的な受け手にすぎない。しばらく心に平穏がひろがり、わたしはインクとウンクとフリズから感じられるもののすべてを受けとめる。

恐ろしい状況になっているのがわかった。三名は精神的な死の寸前にいる。ウンクにはまだいくらか活力があるが、インクはストレンジネス・シールドを失った。フリズのちいさな箱はまだ機能しているものの、狂気におちいっている。かれは〝丸太〟の放射にとくに弱いのだ。

〝丸太〟とは、この周囲の環境のことだ。この三名はこの場所の者ではない。かれらは〝丸太〟が好きではない。かれらはその内部、あるいはそのそばにあるなにかを探している。ネットウォーカーと自称しているが、わたしにはよく意味がわからない。

かれらは危機にある。

わたしは一度、かれらを助けた……実際は異世界のコマンザタラによる気まぐれのせいだったのだが。でも、その救出は中途半端《ちゅうとはんぱ》なものだった。いま、かれらはもっと大きな苦境におちいっていることがわかる。わたしにはノーマルで異質ではないと思える領域から発するなにかが、かれらをおかしくしている。

殺さなければいいということでは充分ではない。助けることもしなければ。わたしには、ほかの生物を助ける準備もできていなくてはならない。

コマンザタラからきたものでしかありえないメッセージがそう伝えてきた。

彼女はどこにいるのだろう？ と、意図的にもう一度考えてみる。そして、また自分の問題に入りこんでいるのに気づく。

とにかく、わたしには目標がふたつある。コマンザタラと、自分の探索だ。それがいま、目標が三つになった。この生物たち、シスラペン二名とフラブメス人を助けたい。できるだろうか？

「ウンク」できるだけ大きな声で話しかける。

「いま、だれかなにかいったか？」声が聞こえる。

「はい、わたしです。ファカッガチュア。植物です」わたしは答えた。「明かりをつける装置を探してください」

「フリズのライトのことか……」

「そう」わたしはシスラペンの話をさえぎった。「ライトです」

しばらくすると、明るくなった。

「インクのちいさな箱を探して」わたしはたのんだ。「ストレンジネス・シールドを」

ウンクはあちこち飛びまわり、箱を見つけた。

「インクのからだにつけてください！」

黙ったまま、かれは指示にしたがう。

「たがいにしがみついて。あなたとインク、フリズ。ともにいたほうが強力になる。ストレンジネス・シールドの残骸がひとつになり、狂気から守ってくれる」

「きみはだれだ？」いわれるままに動きながらウンクがたずねる。

「ファカッガチュア」と、わたし。「それ以上はわたしも知らない。それは重要ではありません、ウンク」

かれらはともに這いまわる。これで重要な前提条件がととのった。シスラペン二名がフリズに巻きつき、半分ほどつつみこむと、フラブメス人もおちつく。

「なぜわたしの名前を知っているのだ？」と、ウンク。「心が読めるのか？」

「いえ」答えつづけるのがつらい。「わたしは、特定のものを感じることができます」

ウンクは黙る。わたしが質問をわずらわしく思っているのに気づいたのだ。

「あなたがたを助けます」わたしの声がちいさくなる。「あなたがたの疲れきった意識搬送体を静めて安定させます。これから目に見えない姿になりますが、存在はしています。しずかにしていてください」

インクとフリズは疲労のあまり応えられない。壊れているが、まだ一部は機能しているストレンジネス・シールドが集まって三名を助けている。ウンクは分別があった。黙っている。

わたしは根のなかの塊茎をほぐしてあらたな力を吸収する。これには時間がかかる。ネットウォーカー三名は、充分しずかにしている。

わたしはかれらの脳内に平穏を注《そそ》ぎこんだ。三名がゆっくりと、だが、しっかり反応する。

時間は急速に過ぎていく。すべてを提供しきって、わたしはますます弱っていく。望んでいないのに、姿があらわれてしまう。四枚の葉が枯れて、垂れさがる。花頭はほとんど黒くなった。氷原が恋しい。そこでなら再生できるのに。茎がゆっくり横に倒れていく。

ウンクが語りはじめた。ジェフという生命体のこと、〝丸太〟のこと、自分とインク、フリズのこと。わたしにはわからない多くのことを語る。コマンザタラの話は出ない。

わたしはますます悲しくなり、弱っていく。

ウンクがそれに気づく。かれだけではない。インクとフリズ・ヘッデーレもだ。三名はわたしの意志の力で回復していた。

かれらの言葉は聞こえるが、まったく反応できない。静養が必要だということはわかっている。不活性フェーズがはじまるまで……あるいは、無意識のうちに完全な再生の場所、氷原や氷河を見つけるまで。

「この植物はわれわれのために全力をつくしてくれた」インクが困惑する。「われわれはそれに気づかなかった。自分たちのことしか考えていなかった」

「気づけなかった」フラブメス人が嘆く。「わたしは完全に正気を失っていた。まったくすまないことだ」

「ファカッガチュアのためになにかしなくては」ウンクが舞いあがる。「この植物はわれわれを静め、安定させてくれた。わたしはそれを知っている。この植物の働きがなかったら、われわれは〝丸太〟が投げかける狂気にやられていただろう」

「わたしはこの植物生命体を知らない」インクも浮きあがる。ネットウォーカー三名は〝丸太〟の放射の犠牲になることなく、またたがいにはなれて存在できるようになっていた。「だから、どうすれば彼女を助けられるのか、よくわからない」

かれらはわたしのことを女性のように語っている。そのとおりだ。

「彼女の細い根は冷たい石に引っかかっている」ウンクがわたしの上を旋回する。「植物には水が必要だろう。それから養分だ」

「ここにはそんなものはない」インクが困ったようにつけくわえる。

ネットウォーカー三名は黙った。

「あるかもしれない」フリズ・ヘッデーレがいって、すべるように飛んでくる。かれの上半身は、わたしが養分と水分を吸収することができた〝丸太〟の地域にいた二足歩行者のひとりに似ている。下半身は酒樽のようだ。

かれは両手を伸ばしてきて、わたしをやさしく持ちあげる。わたしの細い根が、石の地面から抜ける。

かれは腹部のおおいをわきに押しやった。かれは実際、濁った液体が半分ほど入った樽のなかにいた。わたしの茎よりも太いりっぱな根が見える。有機性の膨らみを使い、インクとウンクに下半身を見られるのがつらいかのように、暗がりにすこし転がった。シスラペン二名は黙っているが、その羽ばたきから、かれらが恥ずかしさや異質さをまったく感じていないことがわかる。

わたしも似たようなものだ。突然、また知ることになった。フアカッガチュアであれ、フラブメス人であれ、シスラペンであれ、命というものにはつねに、ちいさな精神の想像を超えた多様さがあると。

フリズはわたしの根をかれのからだの樽に浸す。養分をふくむこの液体は、これまでで味わったもののすべてを凌駕《りょうが》するものだと感じた。

かれの両手はやさしい。わたしをつかむやり方から伝わってくる。それほど時間がかからずに、わたしは水と生命物質の濃縮液からあらたな力を吸収する。

感覚がふたたび目ざめる。それとともに、この行動が正しかったのか疑問もわいてきた。わたしはそれをかかえて生きていかなくてはならない。

インクが機械のひとつに漂っていき、深皿形アンテナを器用にとりはずしているのが見えた。かれはフリズのところにやってくる。

「パニックになることはない、友よ」シスラペンがフラブメス人にいう。「きみがテラ製ベルトの下にどんな姿をかくしているかを、ワリンジャーやペリー・ローダンやジェン・サリクに知られたくなければ、ウンクとわたしは黙っているから。われわれ、だれも自分の姿や異質さを恥じることはないと考えている」

異質さ！

この言葉が水色の氷河のようにわたしの心に浮かんだ。わたしはこの異質なものを直接、根から吸収して、すばらしい気持ちになった。わたしの意識はこれまで以上に強くなっている。コマンザタラの上位イメージを受けとっていなければ、こんなことはまったく不可能だっただろう。

「充分か？」インクがたずね、付属肢の一本でわたしの花頭をやさしくなでる。

「充分です」わたしはささやく。

「では、もうすこし蓄えておけ」シスラペンは笑い、フリズの樽から栄養剤をすこしすくってアンテナの皿に入れる。そしてこの皿にわたしを浸し、それを自分のからだの上に置いた。ジジ・フッゼルのヴィールス・ゴンドラのなかにいたコマンザタラになったような気分だ。

フリズ・ヘッデーレは樽にプラスティックのおおいを巻く。なにもいわない。

わたしはウンクが語ったことのすべてをよく考える。多くの概念がわからないので、イメージは不完全のままだ。

しかし、わたしはなにかに気づく。

本当に異質なものなど存在しないのだ。ストレンジネスと呼ぼうが標準宇宙と呼ぼうが、植物であれ人類であれ、シスラペンであれフリズ・ヘッデーレであれ、羽ばたく生物だろうが樽を持つ者だろうが、異質ではない。わかっているのはひとつだけ。この宇宙の生物はすべて異質であり、同質なのだ。

こうして気づいたことで、あらたな勇気がわいた。おかげで意識が開く。

「あなたがたは知っていますか？」わたしはネットウォーカー三名にたずねる。「わたしに似た、コマンザタラと名乗る生物を」

かれらは知らないと答える。この回答をほとんど残念とも思わない。まったく非現実的な想像からものごとを考えていたと実感し、圧倒される。こうして気づけて、いい気分だ。

これで一歩、前に踏みだせた。過去の記憶が崩れてのこっていることについての悩みが消えた。

三名はワリンジャーのストレンジネス・シールドを使い、〝丸太〟に侵入しようとしたらしい。わたしには理解できないことが多いが、じっくり聞いた。かれらはなにもかくさず、わたしの質問に進んで答えてくれる。フリズもだ。かれは本当にやさしい。かれはわたしよりもすばやく心を解放していた。かれからまだなにか学べるだろう。

かれらの状況がいくらか把握できたので、次にわたしが話す。インクとウンクとフリズは、わたしが感じたのと同じ困惑のなかにおちいったが、コマンザタラを探すのに協力すると約束した。わたしだけでもコマンザタラは探せると応えると、かれらはおもしろがった。

わたしは上位のメッセージに支配されている。わたしはまだ自由ではないし、ネットウォーカー三名のような者……〝異世界の者〟という言葉はもう使うのをやめる……でもない。

かれらの問題は目の前の現在の問題だと気づく。〝丸太〟の中身については、わたしはほとんど話せない。二名の二足歩行者を間接的に見たことはあるが……一名はフリズ

・ヘッデーレの上半身に似ていて、もう一名はちいさい四分円のような姿に見えた……それだけだ。
「われわれ、ここから出なくてはならない」インクが必死に訴える。

わたしはなにも応えず、自分が受けているインパルスを探る。

「われわれ？」わたしはたずねる。「それは、あなたがたのような者たち、全員のことをいっているのですか？」

「ほかにもいるのか？」フリズが驚く。

「います」わたしは事実に沿って答えた。「かれらには、ほんものの意味での生命はありませんが。一体はしばらく前にやってきました。この存在は奇妙に素朴な考え方をします。ダニエルと名乗っています」

「ダニエル？」三名が声をあげる。「ワリンジャーの旧式ロボットか？」

これにはなにも答えられないので、その点はかわす。

「あと五体、わたしがかつて異世界の者と呼んでいた放射を持つ存在がいます。それは機器です。さらにほかにも二足歩行者が二名いましたが、それはもう感じません。一度だけかれらの思考リフレックスを受信したのですが、実際はそれはフリズからきていました。つまり、あなたがリフレックスを受けとめて、また発したということ」

フリズが困惑したような目でわたしを見つめる。

「それは〝ラトバートスタンポージープース〟です」わたしはいう。

「わたしは狂気のなかでその言葉を聞いた」フラブメス人が認める。「だが、意味はわからない」

「いずれわかるでしょう」わたしの花はまだ濃紺だ。これは不満足と悲しみをあらわす。

ネットウォーカー三名はこれを解釈できないが、できなくていいのだ。

「聞いてください」わたしはささやく。「ダニエルという名の半知性体ロボットがあなたがたを探しています。おぼえておいてほしいのですが、すべての存在は探す者です。探す者には課題があります。探すことをあきらめた者は死にます。ファカッガチュアは永遠に探しつづけます」

ダニエルが危機におちいっているのが、わたしにはわかる。しかし、わたしは黙っている。すでに話しすぎた。

探したい。

わたしにはまだ三つの目標がある。そのうちのふたつが重要だ。コマンザタラと探索だ。

「あなたがたはいっしょにいてください！」わたしはいう。

かれらがそうするかどうかは、わからない。

わたしは姿を消す。フリズ・ヘッデーレの養分の液体が入ったアンテナの皿を持っていく。

9

ダニエルリー・ワリンジャー

ジェフにメッセージをとどける方法はもはやない。〝任務断念〟について語るプログラムはわたしのなかにあるが、徹底的にかくされている。そのかわり、わたしはジェフが知らないプログラムのなかにサブルーチンを持っていた。それをわたしが使うのは、自我プログラムが優位に立った場合だけだ。そしていま、それが優位に立っている！

周囲の物質を化学的に分析した。基幹プログラムはそれを〝スーパー・エボナイト〟と名づけた。金属をふくむ超硬質ゴムだ。

ここから出なくてはならない。方向感覚をとりもどしたい。ジェフが前に修復した……と、かれはいっていた……化学プログラムを実行する。

かなり時間がかかって、その物質の化学組成にある望みの成分を理論的に発生させた。基本は塩酸、塩化水素の水溶液だ。わたしはそれを少量つくりだすことができる。だが、問題はべつのところにあった。塩酸は、わたしをおおう罠の一ヵ所か、あるいは、より多くの場所に使うことができるが、このおおいの厚さがわからないのだ。探知を試みる。罠の層の厚さは三センチメートルだ。ひどく薄い。わたしの肢の末端には上等なナイフもついている。

データが正しければ、わたしはもうすぐ自由になる。酸を一ヵ所に集中させると同時に、近くにあった高性能の鋼で、このスーパー・エボナイトの切断にとりかかる。

どちらの処置もはじめはすこし成功したが、その後、わたしのプログラムではまったく処理不能なことが起こる。

おおいが破裂したのだ！

破片が四方八方に飛び散る。また触腕型アームを伸ばして、すべての知覚センサーを作動させた。これはいくらか驚くべき展開だった。的を絞った攻撃を予想していたからだ。

間違っていた。

いま、それがよくわかった。

周囲を探る。ここは攻撃があった場所ではない。囚《とら》われているあいだに、なにかにべつの場所に連れてこられたにちがいない。

黒い影がいくつか、すばやく動いてひろい部屋から出てきた。あるものは飛び、あるものは這い、あるものは走っている。それらは〝丸太〟の穴に入ったさいに見た石の壁と同じように、半面しかない。半面だけ！　反対側は人工的につくられている。〝丸太〟のなかに生命体がいる！　それがわたしを攻撃してきて、いま逃げたということ。これは矛盾していて、混乱する。

影たちはいなくなった。わたしは自由だ。だが〝丸太〟中での自由とはなにを意味するのだろうか？　わからない。ウンク、インク、フリズを見つけよう。〝丸太〟のなかでの自由について思いわずらうのはやめる。

部屋は円形に近いが、すこし不規則だ。スーパー・エボナイトでわたしをつつんだと思われる奇妙な影は、はじめは攻撃的だったが突然に逃げだしてしまい、姿が見えなくなった。わたしのみすぼらしい電子機器にとっては、すべての展開が速すぎたということ。すみません、ジェフ。

この出来ごとで、わたしは方向感覚を失っていた。ジェフにさらに報告を送るためにどの方向にアンテナを調整したらいいか、わからない。アンテナのビーム角は一度だ。実際、正しい立体角にあたる確率は四千六百六十五万六千分の一ということ。まともな電子機器はそのようなことはしない。だから、わたしはそれを放置しておく。

しかし、ようやく疑問がひとつかたづいた。〝丸太〟内部にはなにか有機的なものがある。生物かどうかはまだ判断できない。狙い定めて行動したように見えたと思うと、また完全に混乱している。わたしのきわめて個体的な判断では、これは生命体、知性体だ。この、生命体と推定される生物の行動が理解できない。完全に異質なのか、頭が完全に働いていないのか、どちらかだ。ひょっとして外部の影響のせいか？

〝丸太〟は〝丸太〟のままだ！

ダニエルはダニエルのままだ！

はげしい混乱。

わたしは違う！　ダニエルはそうではない。わたしはいいロボットで、旧式すぎるから。

ふたつのものが見える。

ひとつは飛翔体だ。長さ八メートル。まったくジェフらしい。かれのゾンデだった。今回もまた〝丸太〟にグリゴロフ宇宙ブランコを送りこむことに成功したのだ。宙雷形物体がわたしに向けて監視センサーを発射する。まさにジェフのやりそうなことだ！

わたしはかれに制御されている。かれはわたしを見ている。

もうひとつ見えたのは、円形ホールわきの横穴の入口の奥にある複数の影だ。この影が金切り声をあげている。ひどく錯乱している。影がゾンデに向かって発砲する。

かれらはこの成功に満足せず、武器を捨てて走りだした。

これは旧式の電子機器にもまったくお手あげだ。わたしは困惑し、思案しはじめる。

おそらく、０ファイルから通信が入らなければ、この思案プログラムはけっして終わらなかっただろう。

ちなみに、Oファイルというのは探知プログラムのことだ。

〝丸太〟に侵入するさいにしていたことで、成果があった。ストレンジネス・シールドの散乱放射の件だ。サンプリング方法でようやく結果が出た。四光分限界の向こうにエムセ級船団がいるはずのサバルの方向はわからないが、ストレンジネス・シールドのエネルギーの反射をどの方向に探せばいいかはわかった。

その方向に通路がある。正確には認識できない生物が、ジェフのゾンデを砲撃して破壊した横穴である。

緊急支援プログラムがまた音をたてる。エルとダニーも、ダニーとエルも、われわれ、このあつかいには慣れている。

横穴に入った。生物とは遭遇しない。しかし、有機生命体の存在を証明する排泄物《はいせつ》がある。ここに、〝丸太〟にだ！

探知ボックスの結果がますます良好になる。あらゆる矛盾にもかかわらず、ストレンジネス・シールドはまだ作動しており、わたしはそれに近づいているのだ。あらためてすこし安堵する。安堵するというのは、内部のプログラム活動の水準が低くなっていることを意味する。

そして、それが起こった。

目の前に物体があらわれる。長さ八メートル、厚さ一メートルだ。こちらに猛進してくる。ジェフのゾンデか？　もちろん、そうだ！　いくつかのアルコーヴから、重火器を持った者たちが飛びだしてくるが、ほとんど見わけられない。かれらはわたしのわきを通りすぎて、逃げていく。ゾンデから、わたしから。

ジェフが青年時代の話をしてくれたことがある。テラの学生寮を訪れたときのことだ。ここで起きていることは、ジェフの話にくらべればどうということはない。

一部の者が攻撃してくる。ほかの者は走ったり飛んだりしてここをはなれる。平凡な電子機器にはとにかく荷が重すぎる。わたしのプログラムが、わかりやすく抵抗をはじめた。緊急支援プログラムと存在維持プログラムは沈黙している。わたしは分裂した。ダニーが内部の問題を引き継ぎ、エルが行動する。

＊

エル

データ制御はかんたんにできた。なぜなら、わたしは自由だからだ。自由なのは、ダニーががらくたをかたづけているからだ。がらくたとは、優先権を前面に押しだしてくるプログラムのこと。

ここにデータがある。明確できれいなデータだ。探知結果は、インクとウンク、フリズのストレンジネス・シールドがまだ機能していることを強くしめしている。方向まではっきりしめす探知結果だ。ダニエルは、つまりロボット体は、わたしにしたがう。ダニーはいま、妨害してくるプログラムのようすを見ている。なんとか持ちこたえてくれるといいが。

グラヴォン台を操縦して、三度めのサンプリングの試みで明らかなエコーが出た方向に向ける。飛んだり這ったりしている影を気にしてはならない。

しかし、影たちは出現しつづける。さらに、明らかにジェフの手書きの字が刻まれた物体もある。あの老成したテラナーはわたしを制御し、監視し、〝丸太〟についての新しい情報を集めようとしているのだ。ちょうど大きなホールに入ると、右側で黒い影が飛んでいた。左側では影たちがジェフのグリゴロフ・ゾンデを銃撃している。

わたし、エルとダニエルは、ちいさいから見逃されるだろう。

探知は機能している。エコーがますます明確になってきた。サンプリングが必要な散乱効果はほとんど消滅している。目標に近づいてきた。

ストレンジネス・シールドがあるところに、インクとウンクとフリズもいるのではないかと願うばかりだ。技術でつくられたというより、自然なもののように見える未知の風景のなかを、わたしは疾走していく。ダニーはプログラムを制御するのにまだ忙しい。この異質さの情報が処理能力を超えているからだ。いずれかたづけられるだろう。

また、明らかにジェフのものと思われる物体があらわれる。あの老獪《ろうかい》な男は、使えるものをすべて〝丸太〟に送りこんだということ。かれはすこしでも知りたいのだ。自分のダニエルがなにをしているか、見たいのだろう。

ジェフはゾンデと直接つながってはいない。これはわたしでも予測できる。ゾンデがもどれば、ジェフはいくつかの映像を確認できるだろう。しかし、ダニエルが電子的に考えたことを見ることはない。それでいいのだが、やはり気にいらない。結局、ダニエルとわたし、エルは、自発的にこの任務を引き受けたのだ。

ここの〝丸太〟内の生物たちは、自発的でない任務を引き受けているのだろうか？それとも、自己中心的・利己的に、非難すべき行動をしているのか？

ジェフのゾンデの数機はサバルにもどるかもしれない。なにを報告するだろうか？ブーツとキュウリが見える。もちろん、わたしの記憶バンクのリフレックスだと、だれもがいうだろう。しかし、本当にキュウリとブーツの一部が見えるのだ。前方で、足が天井の穴に消えていく。

また自由になったダニーと簡潔に話す。妨害プログラムはかたづいた。ダニーが記録を見る。ダニエル内部にある純粋なデータ列を。かれはわたしに同意した。やはりブーツとキュウリだ。

ダニーはさらに妨害プログラムを監視するといい、ダニエルの管理はわたしにまかせる。わたしは電子機器とグラヴォン台でできた独特なロボット体を、またストレンジネス・シールドのエコーがある方向に向ける。周囲の光景は見えるが、その意味は理解できない。

〝丸太〟に入ったときに穴から発していたのと似たような冷光がある。さらに、わたしの認識プログラムでは把握できないものもある。攻撃する者や逃げる者などがいるが、正確にはわからない。

それでも〝丸太〟は生きている。異質で、理解しがたいが。

エコーがより明白に感じられる。ストレンジネス・シールドがある場所に接近する。惑わせるようなリフレックスは消えていた。すぐ近くに迫っている。周囲は異質なものばかりだ。

ダニーは、われわれの内部にある、自己破壊をうながす衝動をおさえつける。わたし、エルと、ダニエルの合成意識の一部がそれを心配することはない。ダニーがかたづける。かれは善良だ。かれはダニエルだから。ひかえめにいっておくと、わたしも同じだ。

突然、ジェフの装置からのエコーが消えた。どの方向にロボット体を動かしたらいいか、わからなくなる。

どうすればいいのだろうか。

ダニーは満足している。妨害プログラムをうまくおさえた。いまはかれのプログラム、つまり分裂したあとにかれが使えるプログラムを確認するために、休息が必要だ。ストレンジネス・シールドからのエネルギー・リフレックスが消えたいま、わたしはなにをすればいいのか？

ネットウォーカー三名の精神が沈黙したのか？　それとも、シールドだけの話か？

ダニー！　きてくれ！　わたしだけでは無理だ。

ダニーがやってくる。われわれはひとつだ。かれは疲れている。しかし、かれはここにいる！　かれの論理的かつ電子的で親切なプログラムのすべてが、また近くにある。かれは、ジェフリー・アベル・ワリンジャーの任務から生じたわたしの悩みをともにになう。旧式の電子機器の心配など、ほかにはだれもしてくれない。

われわれはひとつだ。ダニーとわたし、エル。ストレンジネス・シールドのエコーが失われた。われわれは失敗した。〝丸太〟はあまりに未知のものだ。異質すぎる。

ジェフはつねに、受信システムを外に向けておけという。そこからしか新しいものや学べるものは受けとれないのだ、と。かれはいつも、たとえエルが報告していても、わたし、つまりダニエルにいう。〝おまえには学習プログラムがある〟と。また、〝しかし、おまえの学習プログラムは変化させられるものだ〟ともいう。銀河系の人類も、ブルー族や永遠の戦士もみな、まだ学んでいるのだ、と。

ネットウォーカーもだ。

ジェフはそうもいった。

かれはネットウォーカーではない。独立を保持している。

内側から光るちいさい部屋に到着する。部屋の中央にはパラボラアンテナが置いてある。金属製の皿は厚さ四十センチメートルほどだが、規則的なかたちではない。中央部がくぼんでいて、そこににごった液体が入っている。

液体のなかに植物が立っている。つまらない雑草だ。

雑草がわたしに話しかける。

「インクとウンクとフリズは安全なところにいます。かれらは生きています。でも、あなたの助けがなければ〝丸太〟から出られません。案内しましょうか？」

これに応答できるプログラムはわたしにはなかった。

10

フアカッガチュア

目下、おかしくなった者があふれているので、いいことをするのはひどくむずかしい。わたしはいいことをしたい。ロボットはわたしの頭がおかしいと思っている。ちいさくてみすぼらしく見えるからだ。かれはわたしを雑草といった。つまらない雑草だと。冷静さをたもつ。わたしはつまらない雑草だけど、善良なロボットのダニエルと理解しあえるようになるだろう。かれの自我は分裂している。わたしは違う。自分の望みはわかっている。だが、かれはわたしの第三の目標さえわかっていない。

それは、インクとウンクとフリズ・ヘッデーレの救助だ。

この目標は、この奇妙な人工体の援助がなくては達成できない。だから、まずはかれにとりくまなくては。ネットウォーカー三名は、〝丸太〟の外側の安全な場所にいる。わたしがかれらに補充したインパルスと、一部がまだ機能するストレンジネス・シールドのおかげで、また狂気にとらわれないようになっている。

ダニエルをどうすればいいだろうか？

確信が持てない。かれからは感情を呼びさますものがほとんどなにも感じられない。かれには実際の生命はない。死んだ物質と人工知性でできている。

かれはわたしのすぐそばに漂ってきて、黙っている。人工知性に問題があるのではないかという気がしてきた。

いくつかのイメージがわたしにとどく。それは、わたしがときどき受ける、理解できない上位のイメージに似ていた。なにか共鳴するものがある。ウンク、インク、フリズとその狂気に関わったからこそ、わかるのだ。ダニエルのなかでも同じようなことが起きている。

それはかれの人工知性が分裂していることとは関係ない。むしろ、かれ全体の問題だ。かれは混乱している。その原因は、わたしには理解できない〝丸太〟の放射のせいだろう。わたしには影響はない。それはわたしの記憶喪失に関係あるのだろうか？　ネットウォーカーたちは、この放射を過酷なハイパー放射と呼び、すべてそのせいだという。ダニエルからさらに情報を得た。自分の機能は完全だが、この仕事はできないと、かれは考えている。自分の人工知性が最低限でも攻撃されたことをわかっていないのだ。

わたしはそれをかれに伝える。かれにそういうことだと話す。

「どこからそれを知ったのだ、雑草よ？」かれがたずねる。わたしは、かれが話してくれることがうれしい。

「わたしは〝丸太〟の放射がウンク、インク、フリズに影響をあたえるのを見ました。それはわたしには作用しません。でも、あなたも部分的に影響を受けています」

かれはしずかに前後に揺れる。不安にさせてしまったらしい。それがなにかの役にたつのか、わたしは判断できない。

「きみはさっきも三名の名前をいった」かれがいう。「ウンク、インク、フリズ・ヘッデーレを知っているのだな？」

「もちろん」わたしは答える。「ネットウォーカー三名です。かれらは〝丸太〟の秘密を明らかにするため、なかに侵入しました。成果ははかばかしくありません。秘密の解明には時間がかかります。そのような目標の達成は、ときに不可能なこともあります」

かれの人工知性が分裂するのを感じる。しかし、そんなことをしても役にたたない。かれは自身の苦境と〝丸太〟の影響を認識できない。原始的すぎるのだ。ほんものの生命すらない。どこかかわいそうになってくる。

「わからない」かれが突然いう。「どうしたらいいのか。いま話しているのは、わたしの緊急支援プログラムだ」

最後にいった言葉の内容がわたしには理解できない。ダニエルにたずねても、はっきりした返事はない。

「わたしは多くのプログラムにもとづいて行動する複雑なロボットなのだ。プログラムのなかには矛盾するものもあって、エルはいま、それをおさえこもうとしている。わたしはダニーとして話している。きみに説明したいのは、わたしがこの〝丸太〟で経験したことのほとんどすべてが、わたしのプログラムにとっては矛盾していて無意味ということだ。どうしたらいいのかわからない」

「あなたには任務があったのでは？」わたしはたしかめる。

「わたしには多くの任務がある」ダニエルはさらに強く揺れる。「自己を保持しなくてはならないし、ジェフを手伝わなくてはならない」

「ネットウォーカー三名の〝丸太〟からの脱出を手伝うのでしょう？」これは、ウンクの発言からの推測にすぎない。

「そう、もちろんだ」急にダニエルはまた水平に浮かび、おちついた。「緊急支援プログラムが、わたしを救おうとして、その任務をおさえつけている！　なぜそんなことが起きたのだろう？　きみはネットウォーカー三名の居場所を知っている……かれらをなんと呼んでいただろうか？」

かれは言葉の途中で話を中断した。そこにも孤立した状態が見てとれる。

「わたしにはあまり力がのこっていません、ダニエル」わたしの声がちいさくなる。

「あなたのプログラムの混乱を救うこともできません。それは自分でなんとかできるでしょう」

「どうやって？　雑草よ」

「ファカッガチュアと呼んでください、ダニエル。あなたを混乱させているプログラムをすべて停止するのです。スイッチを切り、わたしの話を聞いてください！　わたしはあなたを、その人工知性がまた機能する場所に連れていきます」

かれはためらい、いう。

「ダニーは、それはきわめて常軌を逸した考えだといっている。わたし、エルは賛成だ。緊急支援プログラムはもちろんその要求を拒否し、基幹プログラムは抗論している」

「常軌を逸したものごとに対して役だつのは、常軌を逸した考えだけです」これは最後の試みだ。「あなたはすでに行動不能になっています。それを理解し、わたしの誠実な意志をわかってもらえれば、まだチャンスはわずかにあります」

かれは、わたしが立っている皿を長い金属片のひとつで慎重に持ちあげた。

「わたしはエルだ、ちいさなファよ。あるいは、名前をなんといったっけ？　わたしだけでやってみる。数分間なら、反逆的なプログラムを抑制することに成功するだろう。ダニーは中立的に行動している。どうか、わたしがまた正常に機能する場所に連れていってくれ」

かれは誤解している。その場所にはかれが自分で行くのだ。わたしにはもうそんな力はない。自分のからださえ動かせない。〃丸太〃の放射がフリズの養分の液体にも影響をあたえているようだ。あるいは、養分を完全に使いきってしまったのか。

「〃丸太〃をはなれるのです」わたしはささやく。「わたしをいっしょに連れていってください！　異質なものの外に行かないと、あなたは自分をとりもどせない」

しばらくして、ようやくかれは反応しはじめた。その飛行はふらついていたが、すくなくとも動いてはいる。かれはわたしをいっしょに連れていった。

＊

ダニエル

自分がこの迷宮からどのように出てきたのか、もはやいうことはできない。センサーとプログラムがまた正常に反応するようになったとき、わたしは〃丸太〃の外側にいた。植物の入った皿を外殻に置く。重力がちいさく、植物の状態は安定している。

つづいて自分の記録を調べてみる。結果は実際、非常に不愉快なものだった。〃丸太〃のなかに入ってからのシステムの不具合は千件を超えていた。ぶじに脱出できたのは奇蹟的だ。電子的メタボリズムは放射に耐えたものの、多くの誤差がわたしを不安にさせ、それが大きな不確実性を発生させていたのだ。

記録されたデータはたしかなものではなく、記録の欠落は百におよび、さらにその倍の脆弱性があった。

基幹プログラムの修復と記録を修正して使えるものにするために、ほぼ半時間を要した。これをジェフに報告しても、よろこばないだろう。しかし、まだそこまでいたっていない。

いずれにせよ、収集したデータを分析した結果、一連の事実が明らかになった。それを整理して、あらたに記憶バンクにしまう。

わたしは〝丸太〟のなかにいた。

わたしは行方不明になったネットウォーカー三名のシュプールを見つけた。だが、かれらのストレンジネス・シールドの信号を誤って解釈していた。

わたしは〝丸太〟で、ある生物に遭遇し、ジェフがゾンデの記録からすでに確認していたテラ製ブーツ一足も確認した。このブーツを履いた生物は、キュウリのようなかたちをしたすこし小柄な生物をともなっていた。いま、そのことがはっきりわかった。

わたしはファアカッガチュアと名乗る植物に出会った。目の前の、いまはちいさい凹面鏡だとなんなくわかる皿に、茎が曲がった状態で垂れさがっている。このファアカッガチュアがわたしに語りかけてきた。行方不明のネットウォーカー三名の話をし、かれらは安全なところにいるが、わたしの助けが必要だといった。

　これらが判明した事実だ。

　それ以外のことはきわめて不確実なものか、誤りだった。

　〝丸太〟は秘密を守ったのだ。そして、わたしは外に出た。

　しかし、ネットウォーカーたちはどこにいるのか？

　ファカッガチュアに質問をぶつけてみるが、やはり返事はない。あまりに弱っているのだ。この真空空間には、彼女のしずかな言葉を伝える媒体がない。

　プログラムがまた正常に機能するようになったので、わたしは計画どおりに行動できた。一対の触手型アームをはずし、それを外被に収納して、空洞をつくる。この空洞にファカッガチュアを慎重に入れて、蓋をする。

　化学物質の備蓄は手をつけられていなかった。ということは、スーパー・エボナイトに関する経験もまた、電子的な夢にすぎなかったのだ。

　あらたに大気をつくりだし、養分になる液体を製造すると、それをファカッガチュアの根にあたえた。

　しばらくして、植物が揺れはじめた。曲がったからだをまっすぐにしようとしているが、場所がせますぎる。わたしはそれを説明し、さらに自分の機能がもどったこと、より多くの情報が必要だということを伝えた。

　植物はまだ反応しない。力を出しつくしたにちがいない。あるいは、未知の環境で麻痺したのか。しかし、生きている。

わたしはまずはあきらめ、自分のことに集中した。

驚くことに、ストレンジネス・シールドを見つけるために使っていたジェフの探知機が、いま非常にはっきりとしたエコーを発していた。明らかに強いだけでなく、同じ方向からくるインパルスが三つ。信号は明白で、距離は遠くなさそうだ。

人工的につくった空間にファアカッガチュアを入れたまま、わたしは先へ進んだ。

半時間後、〝丸太〟から垂直方向に直接、三重のエコーがとどいた。近くに、かつてはエアロックだったと思われる出入口がある。慎重に近づいてみると、〝丸太〟内部の大気を保持しているのと似たようなエネルギー・フィールドを確認した。

わたしのプログラムはすでに経験から多くのことを学んでいた。フィードバックが機能している。入念な準備をしなければ、〝丸太〟に入ることはできない。

不要になったシステム機能をすべて停止した。もちろん、緊急支援プログラムの同意を得てのことだ！　まだのこる機能は、迅速さはないが動く。原始的なために、外部からの影響はほとんど受けない。わたしは独自のプログラムを作成した。探知の助けでネットウォーカー三名を見つけ、〝丸太〟から脱出させるためだけのものだ。その行動を記録するプロトコルもあきらめた。

内部で二回テストをおこない、プログラムの誤差を見つけて処理すると、なかに入ってみた。途中で、ウンク、インク、フリズ・ヘッデーレの三名が乗った小型宇宙船を発見。救出プログラムを変更し、この宇宙船を行動の目的にする。

つづいて、自分のなかのすべてのスイッチを切った。自動救出プログラムがはじまる。いくつかの不安要素はあったが、リスクをおかさなければならない。

ファカッガチュアがなにかいっているのはわかったが、その情報は基幹プログラムの停止により、とどかなかった。

＊

ジェフリー・アベル・ワリンジャーは小型宇宙船がサバルにもどってきて本当に驚いた。ダニエルが〝丸太〟に到着したあとの報告がとだえていたからだ。グリゴロフ・ゾンデは〝丸太〟の謎を解明できなかったが、〝丸太〟に有機生命体が存在するというかれの理論はかためられた。

ネットウォーカー三名がふらつきながら船から出てくる。二名のシスラペン、ウンクとインクの反重力器官はだめになった。下半身をプラスティックでおおわれたフリズ・ヘッデーレの上半身は、力なく蒼白になっている。ワリンジャーは、すぐに医療的援助を依頼した。それがとにかく必要だった。

ハイパー物理学者は、ダニエルから具体的な情報を得られることを期待したが、この点については失望することになった。

ロボットははげしくよろめきながらワリンジャーに向かって浮遊していき、七十センチメートルほどの枯れた植物を、触手型アームの一本でさしだした。

「面倒をみてやってください」ダニエルがきしむ声でいった。「名前はファカッガチュア。知性を持つ植物で、あなたにとって貴重です」

ワリンジャーは、この必死なたのみをすぐに聞き入れた。ロボットたちがファカッガチュアをメイン・ラボの隣室に運ぶ。ワリンジャーのほうはダニエルをつかんだ。

「さ、報告してくれ、友よ！」旧式ロボットに呼びかける。

「いちばんいいのは、あなたが自分でわたしのプログラムや記憶を調べることです」と、ダニエル。「わたしの認識のなかからは、確実で明確な事実はほとんど出てこないので。ファカッガチュアが力をとりもどせば、わたしよりも多くのことを教えてくれるかもしれません。あの植物は〝丸太〟に属していたのです。ただし、あそこが故郷ではないようです。同種の植物をほかに見ませんでしたから。あの植物は混乱し、ショックを受けているようでした。ネットウォーカー三名の救出で消耗したのでしょう。ですから、あまり期待しすぎないように」

「〝丸太〟について、どんな事実がわかった？」

「生命体がいます」と、ダニエル。「しかし、どんな姿なのかはいえません。わたしは部分的にひどく妨害されました。不鮮明な映像は確認できますが、その信憑性《しんぴょう》は疑わざるをえません。あなたのゾンデもいくつか、かれらに遭遇したかもしれませんが、その点も不確実です」

「ほかにはないのか？」

「プロトコルを作成しました。音声と映像を確認できます。あなたはわたしよりも多くのことがわかるでしょう」

ワリンジャーはがっかりしてシートに身を沈めた。

「そういえば」ダニエルがつけくわえた。「わたしもブーツを見ました。その点は確実です」

「ブーツ？」

「プロフォス産の革のテラ製ブーツです。〝丸太〟のなかを歩きまわる生物が履いていました。この生物は、わたしがもはや正しく説明できない者たちとは異なります。もう一名の生物をともなっていました。それはとてもちいさく、キュウリのようなかたちでした。瘦軀《そうく》の矮人《わいじん》といえるでしょう」

ワリンジャーはかぶりを振った。

「ブーツを履いた生物の姿はどんなだった？」

「よく見えませんでした。わたしのセンサーや記録プログラムが妨害を受けていたのかもしれません。ですが、ひどく痩《や》せているようでした。コミュニケーションはとれませんでした」

「それではなにもわからない」科学者はいった。「もし、それほどおかしな、ありえない話でなければ、痩せたテラナーがスヴォーン人をともなっていると考えるところだ」

「スヴォーン人とはなんですか、偉大なるマスター？」

「おまえにはどうでもいいこと」ワリンジャーはふたたびかぶりを振った。「ゾンデの実験をつづけなければ。ともかく、ネットウォーカー三名を〝丸太〟から救いだせたことで満足しないといけないな」

「ひとつ思考リフレックスがありました」ダニエルは、すべてのデータを分析するため、ワリンジャーのラボのシステムに接続した。「ファカッガチュアがそれを受信したと、フリズはいっています。あの植物は明らかにそうしたことができるのです。この思考はブーツを履いた者とキュウリに関係があるかもしれません」

「思考リフレックスの内容は？」

「〝ラトバートスタンポージープース〟です」ダニエルは答えた。

「なんだ、それは！」ワリンジャーは悪態をついた。「またゾンデにとりかかろう。〝丸太〟の謎に迫りたいものだ」

カリュドンの狩り

エルンスト・ヴルチェク

登場人物

ペリー・ローダン……………………ネットウォーカー。もと深淵の騎士
アラスカ・シェーデレーア………ネットウォーカー
ヴェト・レブリアン………………ムリロン人。デソト
スリマヴォ（スリ）………………レブリアンの妻。ヴィシュナのもと具象
ライニシュ……………………………侏儒のガヴロン人。ハトゥアタノのリーダー
サンパム………………………………アルロファー人。惑星ヤグザンの迷宮門の責任者
アルドルイン…………………………ナック。惑星ヤグザンの迷宮門の門マスター
ジョン・ヴァル・ウグラド………プテルス

プロローグ

長い待機時間で、かれはすっかり病んでいた。服用するべき薬はわかっていたが、それは得られない。約束を守り、辛抱強く待たなければならなかった。友たちを助ける義務があるのだ。ともかく、この機会を長年待っていた。

しかし、二カ月間、なにもしないで待つのはつらいことだった。

この時間をしのぐため、タルサモン湖底の〝保養所〟にもどって、精神的な共生者であるテスタレとともにすごすこともできたかもしれない。そうしていれば、それが薬になったはずだ。しかし、状況はそのようなより道を許さなかった。いまはエルファード船にのこり、侏儒《しゅじゅ》のガヴロン人ライニシュの近くにいて、決定的な瞬間に立ち会わなければならないのだ。

アラスカ・シェーデレーアは惑星マジュンタでの出来ごとがあってすぐにテスタレと

連絡をとり、指示を出すことに成功した。だが、それは短時間であわただしく、個人的な言葉をわずかにかわすこともできなかった。テスタレは指示にしたがうと約束し、クエリオンの名もない世界にあるタルサモン湖底の保養所に引きさがったのだった。

すくなくともアラスカは、ペリー・ローダンとその仲間がロワ・ダントンとロナルド・テケナーの運命の詳細について知ったということは、確信していた。ネットウォーカーたちは、両名が惑星ヤグザンのオルフェウス迷宮に囚《とら》われたことを知り、救出作戦を考えるだろう。ただしアラスカは、この追放者ふたりをどうすれば助けられるのか想像もできなかった。オルフェウス迷宮に入るのはむずかしくはない……すでに数人のネットウォーカーが迷宮に囚われている……が、そこを脱出する方法がないのだ。

一方、かれにはカリュドンの狩りにくわわるチャンスがある。すくなくとも、ライニシュはそう約束した。そのためだけに、かれは二カ月間もがまんしてすべてを引き受けたのだった。

一匹狼のようにすごしてきたかれにとって、この状況を受け入れるのはとくにむずかしかった。自由に呼吸もできない。せまいエルファード船のなかから抜けだす方法もなく、いたるところでライニシュの殺し屋たちと遭遇することになる。

この二カ月はあまりにつらすぎた。かれにとっては地獄だった。テスタレとの孤独な生活が恋しかった。他者との付き合いが長くなりすぎたのだ。しかも、悪い付き合いが。

友といてもこれほど長くは耐えられないのに、まして自分を仲間だと思っているゴリム狩人たちとせまい空間にいるとは。

かれらはまだ、自分を仲間だと思っているだろうか？　それともライニシュはとっくに見ぬいただろうか？

侏儒のガヴロン人にはまちがいなく、四六時中こちらを監視できる能力があるため、かれの状況がよくなることはない。アラスカは自分の言葉を吟味し、間違った動きをしないように注意しなくてはならなかった。なぜなら、身ぶりで考えがあらわれてしまう危険があるのだから！

それが二カ月もはてしなくつづいたのだ。

しかし、いま、ようやく終わった。

《ヒヴロン》はトロヴェヌール銀河のヘルドドル星系に向かっている。その第五惑星がヤグザンだ。

ついに過酷な待機時間が終わったのだ。

＊

だれがよりひどい目にあったか、いうのはむずかしい。

ロワ・ダントンとロナルド・テケナーはオルフェウス迷宮の捕虜となった。また、デメテルとジェニファー・ティロンとシガ星人三名はきわめて恐ろしい変容を遂げ、ハイブリッドのための宿主となっている。

イルミナ・コチストワは自発的に、女ふたりとシガ星人たちを助けようと提案してきた。かれらを寄生植物から切りはなせると考えたのだ。彼女が考えるには、手術には大きな成功のみこみがあるらしい。ただ、デメテルたちのハイブリッドはまだライニシュの支配下にあり、侏儒のガヴロン人がどこにかくしているのか、アラスカ・シェーデレーアですら情報を得られていない。

反対に、男二名にはまだみこみがあった。数週間前に、かれらの拘束場所が判明し……ヤグザンのオルフェウス迷宮だ……すぐに救出作戦の準備がはじまった。

アラスカは、テスタレがネットの情報ノードにのこした報告のなかで、ネットウォーカーたちに知らせた。男二名の脱出を援助するために、カリュドンの狩りに参加すると。シオム・ソム銀河の巨大な凪《なぎ》ゾーンからは、レジナルド・ブルが、ムリロン人のヴェト・レブリアンもその狩りに参加すると報告してきた。

さらに、ペリー・ローダンにとっては、息子ロワとその友ロンを助けるために自身がオルフェウス迷宮に入るのは、いずれにしても自明のことだった。

妻のゲシールはかれを説得しようとした。

「カリュドンの狩りに参加するなんて危険すぎるわ、ペリー。あなたはすでに知られすぎていて、ライニシュに正体を暴露される恐れがある」

「いわゆる裏口を利用するさ」

ネットウォーカーがオルフェウス迷宮に入るのは非常にかんたんだ。迷宮は、すくなくとも〝ゴリムのための罠〟に見えるからだ。

「どうやって脱出するの？」と、ゲシール。

「ジェフリーが助けてくれる」

ジェフリー・アベル・ワリンジャーは、しばらく前に、いわゆる〝迷宮ダイヴァー〟を開発していた。ただしこの機器はまだ開発段階で、試作品は実際に使用されていなかった。

「迷宮ダイヴァーにはまだいくつか欠点があります」ワリンジャーはペリー・ローダンの決意を変えようとした。「機能の保証はできません。オルフェウス迷宮を脱出できる可能性は五分五分にもならないでしょう」

「救助作戦の前にダイヴァーのテストをしよう」ローダンは約束し、テストの失敗は破滅を意味するという意見を笑顔で無視した。「これはわが息子に関わる問題なのだ、ジェフリー。危険をおかすだけの価値がある」

これで、それ以上の反論の余地はなくなった。

ゲシールとは違い、娘のエイレーネはローダンの計画に夢中になった。ロワ・ダントンンは結局、数世紀の歳の差はあるが、彼女の兄なのだ。そして、彼女は話のなかでしか兄を知らない。

「わたしも行くわ、ペリー」彼女は決断した。

「きみは参加させられない、エイレーネ」ローダンがいう。

「わたしはもうりっぱなネットウォーカーじゃないの？」

「いや、りっぱという話とは違う。この任務はきみにはあまりにも危険すぎる、エイレーネ。決定の理由はこれで充分だろう」

　エイレーネはそれ以上、父を説得しようとしなかった。しかし、彼女の反抗的な沈黙とうわべだけの譲歩を見てペリー・ローダンは考えこんだ。強情な娘が頭のなかでなにを考えていることか。彼女が本気で意志を曲げるとは思えなかった。

＊

「オルフェウス迷宮は、この宇宙の現実に存在するものとはくらべられない……プシオン領域で知られているものとも。オルフェウス迷宮の世界は現実からずれている。超現実だ。わたしは迷宮の説明はしたくないし、二千年の追放生活のあいだに体験したことについても話したくない。しかし、ふたたびオルフェウス迷宮に入る準備はできている。ただし、こんどは狩人としてだ」

「ありがとう！」彼女はいった。

身長二メートルを超える痩軀《そうく》のムリロン人は、探るように彼女を見つめた。かれのグリーンの目には大きな疑問が浮かんでいて、口の左はしあたりがひくついている。感謝の言葉が本気かどうかわからないようだ。ときどき、彼女の秘めた嘲笑を痛烈に感じることがある。すると、かれはいつも、自分が彼女よりはてしなく劣っていると思い、毎回、彼女は女コスモクラートではないのかという疑問が頭をもたげるのだ。とにかく、スリマヴォは自分でも自身をどこに分類していいかわからないと主張している。

彼女は自身についてあまり知らないようだが、それは人格の欠点とはなっていない。彼女はどんな状況も切りぬけられた。

かれが十六年前に出会ったとき、彼女は子供でも女でもなく、自身の支離滅裂な精神状態を自信ある態度で補おうとしていた。しかし、かれは彼女がいかに柔軟な性格かすぐに理解し、自身の目的のために彼女を利用した、あるいはべつの表現をすると、彼女はかれのために犠牲になったのだ。

そうなる運命だったにちがいない。なぜなら、彼女はエンパスなので、かれの利己的な意図を見ぬいていたはずだからだ。彼女はかれのいいなりになっていた。

いまは役割が逆になった。かれが彼女のいいなりというのではないが、彼女がかれを形成し、自分の意志を通している。エンパシー能力でかれをこの冒険に導いたのも、彼女かもしれない。かれは、自分の意志でカリュドンの狩りに参加したと思っていたが、それが彼女の影響を受けていないという証拠にはならないのだ。

スリマヴォはそれを気づかせない。彼女はスフィンクスだからだ。

ヴェト・レブリアンが永遠の戦士イジャルコルの旗艦《ソムバス》で七年間の勤めを終えたあと、ふたりはシオム・ソム銀河の凪ゾーンで再会し、ともに生活をはじめた。スリマヴォはすでに思春期を過ぎて大人の女になっていた。彼女は、宇宙船の墓場クルサアファルを訪れたのはひとえにかれのためだったと告白し、かれといっしょに暮らすことを望んだ。そのため、十五年以上前にソト＝ティグ・イアンに連れていかれた銀河系を、ふたたびはなれたのだ。

かれは、はじめて出会ったときに彼女をだまして利用したことについて謝罪したが、彼女はそれをはねつけた。

「二千年ものあいだ、オルフェウス迷宮で生きのびるために戦ってきた者に、ふつうの倫理観や道徳観をもとめる気はないわ。いまはあなたがまた順調なのを感じる」

その〝感覚〟がスリマヴォをあざむくことはけっしてない。

「ヴェト、わたしや世界に対しての罪悪感をなくすことだけを考えればいいの。そうしないと、あなたの種族がデソトにもとめる要求ははたせないわ」

スリはデソトに期待していた。かれが彼女の友であるロワ・ダントンとロナルド・テケナーのために大胆に行動し、トロヴェヌール銀河のオルフェウス迷宮でのカリュドンの狩りに参加することを。

彼女の期待に応えるため、かれは踏みきったのだろうか？　それだけではない。かつてのヴィーロ宙航士二名の救出作戦に参加したのは、たんなる友情としてのつとめではなかった。ふたりの救出はネットウォーカーにとってきわめて重要だ。というのは、かれらはネットウォーカー候補として、戦士崇拝の崩壊を目的とする長期計画で重要な役割をはたせるからだ。

「決心はかたまった？」スリがたずねた。

「救助作戦に参加する！」

「いいわ」彼女は満足そうにいった。「それなら、必要な手続きをすべてすませてね。ネットウォーカーたちと話しておくわ」彼女はしばらく黙り、意を決したようにつけくわえた。「わたしを忠臣に指名するのを忘れないで」

彼女に操られている。ヴェトはそう考え、自身の顔の黒い色素が動く感覚に襲われた。スリはそれを見逃さず、探るような視線を向けた。

「きみを尊敬しているよ」ヴェトはいった。

「あなたを愛しているわ。それはオルフェウス迷宮に行っても変わらない」

どうかな、と、かれは考えた。肉体的な変容がどれだけ精神に作用するか、きみはまだわかっていない。セプラローンやバンスクやグリアルサムがいる世界では、きみも殺害者になってしまうかもしれないのだ……

＊

すべてのヒューマノイドに共通の起源があり、だれもがひとつの同じ原種族から生まれたということはありうるのだろうか？　ありえないことはないが、その場合、共通の起源は何百万年も前にあることになる。かれらの発祥地はどこなのか？　ここ、力の集合体エスタルトゥ、あるいは〝それ〟の力の集合体か？　ガヴロイドは、あるいはテラナーは、宇宙に散らばった多くの分派の種族の祖先だったのか？

シジョル・カラエスとアグルエル・エジスキーは、自分たちが観察されていると感じるとき、このテーマについて話を延々とつづける。当然かれらはつねに、ガヴロン人がすべてのヒューマノイドの祖先にもっとも近いという結論にたどりつく。こちらを監視している不可視の目と耳は、傀儡のガヴロン人ライニシュのものだからだ。自分たちが雇われたハトゥアタノのリーダーである。かれらは、めったにないが、だれにも見られていないと確信できるときには、自分たちの本来の問題を話しあった。

「ライニシュは無条件にわれわれを信頼しているわけではないという感覚がぬぐえない」カラエスがいう。「見破られる前にうまく逃げだそう」

「ばかな。われわれが疑われる理由はない」エジスキーが反論する。「われわれはかれに対抗して動いているわけではない。良心の呵責《かしやく》を感じることなく、これからもかれに忠実にしたがっていける」

「それでも不必要なリスクをおかしている気がする」と、カラエス。「ライニシュにつくことで、どんな利点があった？　これまでに得られた情報はわずかなものだ」

「ライニシュは〝パーミット〟保持者であり、その理由だけで、この銀河グループ最大の権力者の一名になっている」と、エジスキー。「これ以上ないほどうまく進んでいる。成功はかならずおさめられる」

「もし、カリュドンの狩りに同行するよう指名されて、オルフェウス迷宮からもどれなかったら？」

「そうなったらわれわれは英雄として死ぬのだ」エジスキーはあっさりいった。「だが、そんなことにはならない。われわれは今回も乗りこえて、ライニシュに仕えていける」

カラエスはそれ以上の反論はしなかったが、相棒がいう自分たちの行動の正しさについては納得していなかった。臆病から出た考えではない。ただ、目標に到達するためにライニシュとともにいることが正しいのか、疑いを感じていたのだ。

「ライニシュはいちばんの特徴が自慢癖だという、いばり屋だが」エジスキーも同意する。「しかし、かれは強力な組織をひきいていて、その影響力はまだ役だちそうだ。ハトゥアタノの幹部五名の会合を思いだせ。そこでハイブリッド予知者の引きわたしがおこなわれただろう。あの組織の背後には、永遠の戦士の強大な力がひそんでいることがわかった。それに、この強い力がわれわれを守っていることも忘れるな。エクリットのごみの山から逃れられたのは、うれしいことだ」

「もしオルフェウス迷宮に入ることになったら？」

「わたしは、カリュドンの狩りに参加を許されて幸運だと思うだろう」

この会話のあとすぐに、《ヒヴロン》はヘルドル星系に入った。

そのころヤグザンでは、迫りくるカリュドンの狩りの準備がすでに完了していた。狩人志願者の一部はすでに参加資格を得ていて、最初のプロフェッショナル狩人も到着している。

ヤグザンは、カリュドンの狩りのあいだ、トロヴェヌール銀河の中心地となるのだ。

＊

ライニシュは、ウパニシャド十段階の養成課程をすべて終え、上級修了者になっていた。今後はパニシュとして、師としての経験をシャドに伝えたり、それを信奉者や永遠の戦士の輜重隊《しちょうたい》のあいだで実践したりする可能性が多く開かれている。しかし、どの可能性にもかかれは引きつけられなかった。そうした方法では、パニシュ・パニシャまでのぼりつめるのは、きわめて困難になるからだ。そのため、かれは戦士イジャルコルの提案を受けてハトゥアタノを結成し、やっかいなゴリムと戦う組織の長になったのだった。これによって全権委任を持つパーミットがもたらされ、迅速にパニシュ・パニシャになれる見通しが立った。

ライニシュは、目標にすでにかなり近づいていると確信していた。ハトゥアタノはソタルク語だが、その意味を訳すと〝五段階の衆〟となる。それはすでにいくつかかなりの成功をおさめていた。これは、五名の指導的なハトゥアタニが拠点惑星タロズで開いた最近の会合で報告された、よろこばしい成果だった。

そのとき、ライニシュは奪ったハイブリッドをほかの四名に披露し……ハトゥアタノのこれまでの最大の成功だ……文句のない賞讃を得た。このハイブリッドが〝それ〟の力の集合体からきた強い影響力を持つ女ヴィーロ宙航士二名とかけあわせられたものであり、彼女たちとペアになる男二名のことも知っているとライニシュから聞かされて、メルファドとポクルウドのソム人二名と、ナガト人アンドロイドのファンガルは、非常に驚いていた。

このグループの第五番めとなるナックのファラガだけは、いつものようにまったく反応をしめさなかった。ライニシュにはこのナックが不気味だった。すべてのナックを不気味に感じているかれが、ファラガを対等の者として受け入れたのは、ナックがすべてのプシオン性のものを感じとれる生来の特殊能力を持っているという、それだけの理由だ。さらに、イジャルコルがファラガの協力を強くもとめたためでもあった。

しかし、ライニシュがハイブリッドに男の要素をくわえるという計画を明らかにしたとき、ファラガをふくめ、ほかの者たちは反対した。ともかく今回の場合、追放者をオルフェウス迷宮からさらってくることは、トロヴェヌール銀河を支配する戦士ヤルンに明確に抵抗する行為となるためだ。ところが、ライニシュは一度かためた決意を捨てるつもりはなかった。

かれはほかのハトゥアタニ四名にハイブリッドの予知能力を実験してみせ、女ヴィーロ宙航士に男の要素をくわえると能力が何倍にもなると約束した。それが事実であろうとなかろうと、ライニシュはまったく気にしていない。かれが考えていたのは、自分の計画に他者を巻きこむことだけだ。それが成功した。頭のなかにあるのは、オルフェウス迷宮へ狩りに行き、すでに狙いを定めた犠牲者を追いつめることだけだったのだが、それを周囲にもらすことはなかった。

どうしようもなくなれば、ロワ・ダントンおよびロナルド・テケナーという名の犠牲者をしとめる気でいる。

自身の傭兵のなかからだれを何名連れてオルフェウス迷宮に行くべきか、まだ決断できていない。約束を守り、アラスカ・シェーデレーアをカリュドンの狩りに参加させるかどうかすら、確定できていなかった。

かれがシェーディと呼んでいるアラスカ・シェーデレーアは、まったくえたいのしれない男だ。かれもかつてストーカーによってエスタルトゥに呼びよせられたヴィーロ宙航士の仲間で……それだけに、慎重にあつかうべきだった。しかし、一方、それだけに貴重な同盟者といえるだろう。

「さて、シェーディをどうするかな」ヘルドル星系に入ったとき、侏儒のガヴロン人はいった。

ライニシュもすでに、どの姿でオルフェウス迷宮に入るか考えていた。さまざまな姿を選ぶことができる。これまではつねにセプラローンに変身していた。しかし、ひょっとすると今回は、べつの姿を決断することになるかもしれない……

＊

そのボセムは空腹だった。ずっと前からなにも食べていない。空腹すぎて、まともに考えることもできず、すでに自分自身をちいさくして吸収しはじめていた。

からだはひどくちいさくなっていた。翼は本来の幅の十分の一しかなく、力なく垂れさがる頭と鉤爪を大気の上層を抜けて運ぶのにやっとの大きさだ。痩《や》せれば痩せるほど高く上昇しないと、つむじ風には乗れない。

かつてはほかのどの者よりも大きくて強い、堂々としたボセムだった。固有名はアッカルという。この名前は、おぼえている数すくないもののひとつだ。アッカルという名前とボセムの肉の味だけは、まだ記憶にのこっている。

アッカルは捕食者で肉食動物だ。すべてのボセムが肉食というわけではないが、おそらくアッカルは種族のなかで唯一の同族食らいだった。しかし、ボセムの肉を好む肉食動物はほかにもたくさんいる。

空腹なので、美味とはいえない獲物でも満足できただろう。しかし、ここの上空には、餌食《えじき》にできるものがまったくいない。嵐でときどき、栄養価の高い塵《ちり》の雲が吹きあげられる。ほかの者たちが生涯のあいだ食べて養分にしてきたものだ。しかし、アッカルは塵食らいではない。そんなものを食べるくらいなら、しなびて乾ききったほうがいい。

死を恐れてはいない。かれはある種の相対的不死だからだ。食糧を得られないときには代謝がとまり、縮んでこぶし大になり、水晶一個ぶんと同じ程度の密度と重さになる。そして水底に沈み、流れに乗って次々と低いところにうつっていき、いつの日か、空腹な塵食らいに見つけられ、食べられる。そのとき、ボセムの再生がはじまる。自分をのみこんだ者の体内で膨張し、宿主のなかで大食いの寄生虫に変わり、からだが回復するとそこから抜けだすのだ……

しかし、まだそこまでは達していなかった。アッカルは縮んで深い眠りに入る前のまどろんだ状態になり、べつの生命を夢みていた。かつて知った、幻想的で理解できない世界に生きる存在を。それは美しく、同時にぞっとする夢だった。すべてが異質で……この世界にあるものとはなにもかも異なる、幻のような世界の夢だったからだ。

突然、稲妻が薄い大気を貫き、アッカルは目をさました。アッカルはそれに引っぱられるように落下した。なじみのない圧力で、稲妻から解放されて高い山脈の頂上に着いたと感じたとたん、次の怪物が閃光をはなちながら突進してきて、山に入る。山が爆発して、アッカルはその勢いで遠くに飛ばされた。

ボセムは水分の最後の蓄えを使いはたし……その光景はちいさい氷の結晶が飛んでいくようだった……のこったからだは凝縮して重くなり、勢いを増しながら落下していく。次々と平面を突きぬけ、障害物の抵抗力のほうが大きくなると、速度が落ちてとまった。

ボセムはすでに忘却の深い眠りに入っていた。ふたたび目をさますのは、餌《えさ》をもとめてやってきたどこかの塵食らいに見つかり、気にいられてのみこまれたときだろう。のこる理性でアッカルが最後に考えたのは、いま突然、世界が邪悪な時代に襲われたということだった。幽霊の群れが世界を苦しめ、姿を変えて迷宮の住民を狩ろうとしている。

アッカルは運よく、深い眠りのなかで狩りの時代を生きのびられるかもしれない。

1

「寝ぼすけシェーディ、司令室にきてくれるとありがたいんだがね」アラスカ・シェーレーアのキャビンの中央に生じた侏儒のガヴロン人のホログラムがぼそぼそいった。すこし大きすぎる口を持ち、目の上の骨が突きだして、毛髪のないちいさなライニシュは、ほとんど守護天使のようだ。アラスカがすぐに動かないので、ガヴロン人の天使は怒ってどなりつけた。「とにかく、大至急だ！」

「あわてるな」アラスカはいい、寝床から足を振りおろした。居眠りをしていて、ライニシュの最初の船内放送の呼びかけをわざと聞き流したのだ。自分のイメージを守るため、ときには〝五段階の衆〟の長をいらだたせなければならない。「いま向かう」

ホログラムが消えた。

アラスカはまだネット・コンビネーションを着用していた。ネットウォーカーであると知られてしまう危険性は高まるが、調子がよく安心できるからだ。一方、この危険要素によって、油断してはいけないとつねに思い起こしている。ネット・コンビネーションは、ネットウォーカーの印だという制服ではないため、アラスカはこれに変わった装飾品をつけて、流行服に見えるようにしていた。細かくいえば、ネット・コンビネーションよりも、頸のチェーンにつけた細胞活性装置のほうが正体露見の危険があるのだが……これはなにがあってもはずせない。はずせば六十二時間以内にいやおうなく死がもたらされる。

とくに急ぐこともなく司令室に向かうと、すでに全乗員がライニシュのまわりに集合していた。侏儒のガヴロン人はまだチームの傭兵を増やしておらず、かれの指揮下でマジュンタでの策略に成功したときと同じ者たちだった。一名だけ欠けているのは、プテルスのエルプだ。〝両性予知者〟の世界に置き去りにするしかなかった。ライニシュは自身のハトゥアタニ七名に満足しているようだった。アラスカにくわえてドゥアラのオギリフ、メルソネのサルサビー、ソム人のパルデオルとスコルディ、そして自分たちの素性について記憶がないというヒューマノイド、シジョル・カラエスとアグルエル・エジスキーだ。

最後の二名にアラスカはとくに興味を引かれた。なにか秘密をかかえているのが感じられたからだ。かれが知っているエスタルトゥのヒューマノイド種族にはあてはまらない。もちろん、ムリロン人あるいはガヴロン人の数ある傍系の一種族かもしれない。かれらは、ヒューマノイドではなくガヴロイドと呼んでほしいといっていたが、アラスカはそんな単純な説明を信じたくなかった。テスタレと一ヵ月半以上前にただ一度、最後に接触したさいに、もっとも重要な情報とともにカラエスとエジスキーの略歴もわたし、二名の種族についての手がかりとそれにまつわるあらゆる情報をそろえてほしいとたのんでおいた。

「シェーディ、また夢をみているのか？」ライニシュがあてこするようにたずねた。

「そうだ、よき時代の夢を」アラスカが答える。

ライニシュはにやりとした。

「ま、そんな時代がまもなく再来するかもしれないからな。われわれ、エネルプシ航行を終了して、ヘルドル星系に突入する。冒険が待ち受けているだろう……すくなくともきみたちの数名にとっては」

この知らせに驚く者はいなかった。だれもが目的地を知っているし、ヤグザンのオルフェウス迷宮がヘルドル星系にあることも知っている。ライニシュはいつ目的地に到着するのか、かれらにはっきり知らせていなかった。シオム・ソム銀河からトロヴェヌール銀河までの八十一万光年の距離をのんびり進んできた。二週間にわたってずっとエネルプシ航行をしたのだ……メタグラヴ・エンジンを使用しても六日で行ける距離を！

ライニシュは、まるで宇宙のあらゆる時間が自由になるかのように行動している。とくに急がなかった理由はただひとつ、カリュドンの狩りにまにあうからだと説明した。

しかし、アラスカは、ハトゥアタノのリーダーがひそかに乗員たちに特別な心理的負荷をあたえてテストしたと考えた。せまい空間で共同生活をさせるだけでなく、かれらをたがいに競わせようとしたのだ。アラスカは、かれとふたりだけのときにこういわれた。

「わたしのチームのなかでトップになりたければ、カラエスとエジスキーに気をつけるんだな」

ライニシュがオギリフやサルサビーになにをけしかけたのか、アラスカは知らない。いずれにしても、ドゥアラとメルソネのあいだでつかみあいがあった。けんかがとめられたあと、ライニシュは両名をヒュプノ・ショックで罰した。しかし、ヒュプノ学習装置でショック療法を受けたあとも、血の気《ちけ》の多い二名の関係はまったく平穏にはならなかった。

「あの二名は、すこし情緒不安定すぎるな」ライニシュがその後、アラスカに向かってついでのようにいった。否定的評価がくだされたら、かれらはカリュドンの狩りに参加できないのだろうか。しかし、侏儒のガヴロン人はその時点ではまだ決断しておらず、二名にこういった。「カリュドンの狩りに参加したいなら、もうすこし短気をおさえるのだ。オルフェウス迷宮では力よりも頭脳がものをいう」

ライニシュはチームのだれにもカリュドンの狩りに参加するチャンスがあると認めていたが、全員を引き連れてオルフェウス迷宮に入るのは不可能だとはっきり説明している。

アラスカは物思いからさめた。ライニシュが、集まったハトゥアタニたちにこう説明をはじめたからだ。

「単調な航行がすんだら、ヤグザンでたっぷり気分転換できるぞ。だれもが満足するだろう。ルランゴ・モジャが提供するあらゆる快楽を堪能できる。さ、着陸進入を楽しむのだ。ヤグザンは見る価値がある。通常の光学ポジションからでも、オルフェウス迷宮をわずかに見られるだろう」

*

ヘルドルは黄白色の恒星で、スペクトル型はG1＝V、つまり地球の太陽に似ているが、体積は太陽の三倍、輝度は二倍だ。ヘルドルはトロヴェヌール銀河、つまりNGC4564の中心から二万二千光年の距離にあり、そこは星々が多くもすくなくもない宙域だった。恒星には九つの惑星があり、ヤグザンは第五惑星だ。

このデータも、さらにほかのことも、ネットウォーカーには知られていた。トロヴェヌールにある何千ものほかの星系にオルフェウス迷宮があるということと同じく。

ヤグザンは木星に似た直径十五万二千キロメートルの巨大惑星だが、核の半径はわずか六千百キロメートルしかない。厚さ一キロメートルのアンモニアの氷の層でおおわれていて、メタンとアンモニアが大きな割合を占める水素大気だ。

マイナス六十度からマイナス百二十度までの大きな気温変動の結果、ハリケーンがたびたび発生し、気温が低くなるとメタンの雨が洪水のように降る。地表には数百気圧がかかっていた。

ヤグザンの自然現象で特殊なのは、はげしい嵐にあらがい、干満によって高さや位置を変える、さまざまな空気層だ。巨大なアンモニア雲が積み重なって山のようになり、きわめて長く維持され、やがて自然に崩れる。惑星内部から噴出する水素が、存在する窒素と混ざりあい化合して、アンモニアの結晶になったものだ。

ネットウォーカーの古い報告からアラスカは、このアンモニア結晶の山の存在がこれまで説明できなかったことを知っていた。しかし、のちに、惑星内部からの噴出が人工的に引き起こされていて、しかもそれが制御された隕石衝突によるものだということが判明した。このアンモニア雲も、ほかの多くのヤグザンの物理的な特徴と同様、オルフェウス迷宮の一部だったのだ。

しかし、何万年もの期間、ネットウォーカーがヤグザンのオルフェウス迷宮に囚われていないことも、統計からわかった。とはいえ、囚われた者が迷宮を脱出したという話も知られていないため、その特殊性についてはほとんど不明のままだった。

何千ものオルフェウス迷宮にはいくつか共通点があったが、すべてにあてはまる基準はない。それぞれの迷宮はすべて極端な世界にあり、それぞれの特徴と恐ろしさがあった。先述したように、ヤグザンの迷宮は大きな未知世界であり、ネットウォーカーは詳細をほとんど知らず、どのプシオン性迷宮にも一般的にあてはまる原則しかわからない。オルフェウスという名称は、ストーカーがこの言葉を使って以来、使われるようになったのだ。さらに、トロヴェヌールを支配する永遠の戦士ヤルンにちなんで名づけられた〝ヤルンの狩り〟が、カリュドンの狩りになった。そもそも、力の集合体エスタルトゥにはテラ的な概念がかなり定着している。たえまなく行き来しているヴィーロ宙航士の功績だ。

しかし、そのヴィーロ宙航士はどこにいるのか？　遭遇することはほとんどない。五十万隻を超えるヴィールス船は、広大な宇宙空間に消えたようだ。

アラスカは現在の出来ごとに集中するために、脱線した考えをおさえこんだ。

十個の球状セグメントからなるエルファード船、ライニシュが命名した《ヒヴロン》は、ヤグザンの大気圏最上層に突入した。侏儒のガヴロン人は重力エンジンの出力をさらに絞り、這うような航行になるようにして、防御バリアのスイッチを入れた。さらなる保安対策として、エルファード船のシントロニクスと全プシオン装置をオフにした。〝プシ・エネルギーの誤った流れが高感度機器を破壊する危険性がある〟からだと、かれは説明した。

これは、かれがハトゥアタニたちにしぶしぶ船の仕組みを説明する数すくない機会でもあった。通常は、部下が《ヒヴロン》を乗っとることを恐れているかのように、その情報を極秘として守っている。しかし、奥義のウパニシャドの訓練を修了したことで、エルファード船を単独で操縦できるようになったということを、機会があるごとに強調してもいた。通常は永遠の戦士の武器保持者たちにしかできないものらしい。

《ヒヴロン》はさらに減速した。球状セグメント船の周囲にかすかな霧が渦巻き、文字どおり浮遊しているかのようだ。ライニシュは、パノラマ・スクリーンのホログラム映像を注意深く観察し、倍率や角度を次々と変えた。明らかになにかを探している。ずっと意味不明なひとり言をつぶやいていて、それは不機嫌なようにも、疑いをいだいているようにも聞こえた。

「なにを探している、ライニシュ？」とうとう、アラスカが声をかけた。

「幽霊だ」と、侏儒のガヴロン人。「幽霊のダンスをきみたちに見せたい。われわれはすでに迷宮のなかにいる。変化した現実傾斜の向こう側ではあるが」

ハトゥアタニたちは理解できないというように視線をかわした。これまで、ライニシュからオルフェウス迷宮の情報をほとんど聞いてこなかったからだ。ただアラスカだけが、その意味に気づいていた。

《ヒヴロン》はすでに大気圏に二万キロメートル以上進入していて、膨大な圧力がかかっているはずだ。ライニシュはアンモニア結晶の山の映像をとらえて、記録した。結晶は急速に積み重なって奇妙なかたちをつくり、すばやく膨張し、同じようにすばやく拡散していく。目が追いつかないほど変化が速い。

ライニシュは渦巻く結晶の山をホログラムにとらえた。一方、《ヒヴロン》はそこに向かって直進する。変わりつづける映像にアラスカは目眩《めまい》をおぼえた。

「そこだ!」ライニシュが突然、大声を発し、雲の断片のように乱れて動く構造物を拡大した。

半透明で、無定形、つまり、つねにかたちを変えている。

「醜い顔が見えるか?」ライニシュがいう。「あれは迷宮の獣のひとつだ。独特の容貌を持つが、典型的な特徴を確認するにはじっくり見ないといけない。獣はわれわれから逃げているが、逆の流れと戦うことになる。いまは追いつめられているようだ……攻撃してくる……」

この瞬間までは、ライニシュの説明についていくためには想像力が必要だった。アラスカの目には、ひくついて脈打つようなものが見えるだけで、それは周囲の霧のヴェールとほとんど区別できなかった。いくぶん持続性があり、ハリケーンのなかでも完全には溶けきらないが。

しかし、突然、なにかが《ヒヴロン》に向かって突進してきた。それは徐々に大きくなり、見る者たちに向かって、疑似脚に似た槍のようなものをいくつも突きだした。この槍が映像を抜けて、司令室に集まった者たちをそのまま刺してしまいそうだ……アラスカでさえ、この物体が自身に向かってくるように見えて、思わず一歩さがった。しかし、すぐにそれは霧消した。《ヒヴロン》はアンモニア雲を通過して吹き飛ばす。

「あれがオルフェウス迷宮で狩るべき怪物のひとつだ」ハトゥアタノたちが驚愕した表情を浮かべているのに気づき、ライニシュは満足そうにいった。「現実世界のなかで、超現実の迷宮を形成するプシオン・フィールドの外側にいるかぎり、危害がくわえられることはない。ここから見ていては、かれらの本当の姿は見られないし、同様にわれわれも幽霊のようにしか相手に認識されない。迷宮の法則に合わせて超現実のなかに移行すると、怪物はかたちを定めて獣となる。迷宮の超現実のなかで殺されたら、なにをしても二度と生き返らない。パーミットも役にたたない」かれは手袋をはめた左手をあげる。「永遠の戦士の無限の力でさえも無理なのだ。せいぜい、迷宮怪物の食事のメニューを充実させるだけだ」

「われわれが恐れる以上に、向こうがわれわれを恐れているようだった」アラスカがいう。

「窮鼠《きゅうそ》、猫を嚙むというだろう」ライニシュが応え、探るようにアラスカの目を見てたずねた。「あれは幻影で、それ以上のものではない。なのに、恐ろしく感じたのか?」

「正しく恐れることこそが長生きの秘訣だ」と、アラスカ。「わたしには充分な想像力があるから、もしあれが同じ現実傾斜にいたら、どれほどの脅威になるかを思い浮かべられる」

「そうか!」ライニシュはそれだけいうと、自身の機器に目を向けた。「さて、幽霊狩りは終わりにして、ルランゴ・モジャを訪れよう」

＊

ルランゴ・モジャはヤグザンのオルフェウス迷宮に入るために通過が必要な三つの門のうちの最初の門であり、また、カリュドンの狩りの参加希望者の集合場所で、予選の場所でもあった。予選を受ける必要のない特権を有する者はごくわずかしかいない。それは、まずパーミット保持者だ。それから、いずれにしても第一グループに位置づけられる高位の輜重隊員。さらに、過去のカリュドンの狩りできわめて高い命中率をしめすなど、とくに優秀で特別な地位にある生物がならぶ。ライニシュには二重の特権があった。第一にパーミット保持者で、第二に、数十名をしとめたことが記録された感銘深い死者リストを持っているからだ。

しかし、この死者リストのなかの、すくなくとも二名はまだ生きている。すなわちロワ・ダントンとロナルド・テケナーだ。ライニシュはアラスカに対して、これまでかれらを狩ろうとしてきたが、できなかったことを認めた。ただし、今回はかれらにとどめの一撃をくわえ、場合によっては生かしたまま迷宮から連れだし、男の要素としてデメテル＝ジェニファー・ハイブリッドにくわえる気でいる。だが、そのような展開を、ネットウォーカーたちは望んでいない……

特権を有する者はほかにもいたが、名前は公式には明かされていない。かれらは全員、自身の力でオルフェウス迷宮から逃げだした者だ。そのなかにヴェト・レブリアンもいた。かれはアラスカが知るなかで、このような芸当をなしとげた唯一の追放者だ。

この少数者が黙殺されているのは、迷宮怪物の伝説を守るためだった。というのも、カリュドンの狩りの参加者のほとんどは知らないからだ……迷宮の住民とは、じつはすべての既知種族の代表たちであり、それが怪物に変身したのだということを。

もし狩人が、迷宮で自分たちの同族を相手にすると知っていたら、おそらく無慈悲な狩りをする意欲を失うだろう。すくなくとも、真実はかれらの熱意をそぐはずだ。

ルランゴ・モジャは、ライニシュによると、大気圏の高度三万キロメートルの位置に係留されている。その錨《いかり》を構成しているのはまず、重力を無効化する反重力フィールドと、巨大な基盤を固定するエネルギー拘束フィールドだと、ライニシュは着陸進入中にハトゥアタニたちに説明した。そのために必要なエネルギーは、恒星ヘルドルから諸惑星を経由してルランゴ・モジャと地上のステーションに送られる。

《ヒヴロン》は雷雨のなかを進み、乱気流を何度か通過した。防御バリアがしたたかな負荷試練を受けることになったが、ライニシュは冷静だった。メタンの雨がはげしく降り、ホログラムにはときどき稲妻がはしるだけで、ぼんやりした暗闇しかうつらなくなっている。

一度、すぐ近くで閃光がはしったとき、アラスカは半透明のグロテスクな姿がゆらめいているのが見えた気がした。しかし、それはまたたく間に消えたので、気のせいだったのか確信が持てなくなった。

「まもなくだ」ライニシュが光学的な映像認識を、エネルギー走査機のダイヤグラムに置換した。

すぐに、シントロニクスで記された幾何学的な図形がつくられた。八角錐の〝ピラミッド〟がひとつ、やはり八つの突起を持つ星形の土台に載っている。アラスカが記されたサイズをメートル法に換算すると、驚くべき数値が出た。

それによると、土台は突起から突起までの最大値が三千メートル、厚さが三百メートル。ピラミッドの高さは五百メートル、基底のさしわたしは千メートルだった。この巨体を一定の位置に浮遊させておくには、設備や防御バリア・フィールドの作動に必要なぶんはもちろんのこと、全体でどれほどの膨大なエネルギーが必要だろうか！

ライニシュが《ヒヴロン》をさらに降下させたので、星形の土台の裏側が見えるようになった。そこには無数のちいさい物体が固定されていた。数千個はあるだろうか。しかし、いずれもエルファード船の球状セグメントよりも大きくはない。アラスカは、これは将来の狩人たちをルランゴ・モジャに運んできた搭載艇やフェリーだと推測した。母船は軌道にいるのだろう。だが、ライニシュはただひとり、このルールを無視した。

「では、ためしてみよう」侏儒のガヴロン人はスイッチを入れた。どうやら、ルランゴ・モジャとの映像通信をつないだようだ。すぐに一アルロファー人のホログラムがあらわれた。

「宇宙船《ヒヴロン》からルランゴ・モジャへ。ドッキングのための誘導ビームをお願いしたい」ライニシュは慇懃《いんぎん》無礼にいった。

「な……なんだと！」アルロファー人が大声で応じた言葉を、アラスカは理解できなかった。というのも、トロヴェヌールの主種族で昆虫の末裔《まつえい》であるアルロファー人が、明らかに興奮して母語を使ったからだ。かれはせっかちにつづけた。「ずっと通信で連絡を送っていたのだ。こちらの話を聞いてもらわないと困る。なぜ身元確認インパルスを送ってこなかった？　そもそも、このサイズの船で入ってくるとは狂気の沙汰で……」

ライニシュがパーミットをかかげると、アルロファー人は沈黙した。

「責任者を出せ、虫けらよ」冷たくいいながらも、ライニシュは天使のようなほほえみを浮かべる。「わたしはパーミット保持者、ライニシュだ」

「はい……ただちに……もちろんです……」

ホログラムが消えて、すぐにべつのアルロファー人が姿をあらわした。複眼の部分に偏光フィルターのついた格子状《こうし》のヘルメットのようなものをかぶっている。

「ルランゴ・モジャの責任者、サンパムです」自己紹介して、パーミットをつけたライニシュの左手を見つめた。「あなたは永遠の戦士に選ばれた者のひとりですね、ライニシュ。ですが、誘導ビームは出せません。ルランゴ・モジャに大型船はドッキングできないのです。どうか……」

「黙れ！」ライニシュはアルロファー人に命じた。「一瞬だけ、話を聞け。永遠の戦士の挨拶を伝えるから」

ライニシュは胴の部分が肘関節までとどく金属製の手袋のかたちをしたパーミットを、機器コンソールの開口部に入れた。どのようなコードがアルロファー人に送信されたのか、ハトゥアタニたちにはわからなかったが、アルロファー人の反応から、畏怖の念につつまれているのが伝わってくる。

サンパムは突然、三本の筋があるキチン質のからだを痙攣《けいれん》させるようにまるめた。

毒々しいグリーンのキチン質の鱗《うろこ》が文字どおり逆立ち、平たいレンズ形の頭が胸に向かって低くさがる。

「お許しください、パーミット保持者ライニシュ、あなたの地位を存じあげなかったので」へりくだってみせた。かれは自分の無礼な行動を正当化するために、さまざまな怪しげな者たちが嘘いつわりで特別な利益を得ようとしていて、これまで見せられたパーミットにはたんなる私掠許可証や勲章などにすぎない限定的なものもあったことを語った……そうであれば、どうしてライニシュが持っているのが全権委任パーミットだなどと推測できたであろうか？

「愚痴は無用」ライニシュがさえぎる。「ドッキング場所を指定しろ」

「ですが、エルファード船を一隻まるごと収容できるような設備や場所がありません」サンパムが断言する。

ライニシュはかたくなな態度を変えず、意志を通そうとした。しかし、その後、意外な展開になった。

「きみがこちらにしたがわないなら、わたしが……」そういったところで突然、それまで障害もなく通じていた接続が切れたのだ。ホログラムが文字どおり砕け散り、数秒間、閃光が点滅して雑音が響いた。

急に、一ナックが映像にあらわれた。

イモムシのような頭の先についた二本のプシ触角が見えている。柔らかく湿り気のある黒い皮の肉の断片のなかに感覚器官があるか探そうとするが、見つからない。カタツムリのような二本の触角だけが長く伸ばされ、周囲を確認してほかの生物に音声で意志を伝えるための音声視覚マスクの上でかすかに揺れ動いている。黒い水晶のような視覚機器はアルロファー人の複眼のように硬そうだが、この無機物の目のほうが、〝視線〟がより冷たく見える。

「わたしは門マスターのアルドルイン」ナックは事務的な声で言った。「あなたの威圧的な要求をともに聞いていました。軌道にもどってください。ルランゴ・モジャを危険にさらすパーミットなど存在しません。永遠の戦士ヤルンでさえ安全規則にしたがうのです」

ホログラムが消えた。

しばらくライニシュは憤慨して言葉が出なかったが、アラスカがこれまで見たことのないような怒りを爆発させた。

「ハトゥアタノはゴリム狩りをしている場合ではないぞ！」と、叫ぶ。「われわれの課題はナックの駆除だ。かれらはエスタルトゥにとって、ネットウォーカーよりもはるかに危険だ。いずれわれわれの超越知性体から、その力の集合体を奪いとる日がくるだろう。かれらはすでに十二銀河を支配する主のようにふるまっている……」

さらにライニシュは悪態をつきつづけたが、同時にあきらめて《ヒヴロン》を軌道上の係留ポジションに入れた。搭載艇にもなる球状セグメント十個のうち一個を使い、ルランゴ・モジャにもどる。

しかし、アラスカは考えていた。ライニシュが怒りをまきちらして語った危惧は、実際はどれほどのものなのか、と。

ナックはエスタルトゥで唯一、シオム・ソム銀河の紋章の門とトロヴェヌール銀河のオルフェウス迷宮への門を管理できる、比類のない力を持つ種族だ。ほかにどのような重要な機能をはたしているのだろうか?

銀河系にもナックが五名いる。ネットウォーカーたちがときおりの伝令によって知ったように、ゴルディオスの結び目のプシオン・フィールドや、スティギアン・ネット全体を制御している。

さらに、五段階の衆の幹部一名もナックだ。ファラガは実際、ライニシュの気づかないところで、侏儒のガヴロン人の上にいるのではないか?

アラスカはハトゥアタノの拠点惑星であるタロズでファラガと知りあった……ただし、かれをとりまく謎はみじんも解明できていない。デメテルとジェニーやほかの者たちのハイブリッド統合体がファラガの支配下にあると考えるだけで、恐怖をおぼえる。

あのときの出会い、全体の状況の不気味さは、いまでも記憶に生々しい。

ルランゴ・モジャの門マスターとの出来ごとで、このような気分になるのは奇妙だった。本来なら、尊大なライニシュを勇敢にも正す者があらわれてよろこぶべきなのだが。しかし、タロズは友をよろこんでのこしてくるような場所ではないし、ファラガはよく世話をしてくれる看守でもない。一方、安全な委託場所であるのはたしかだ。

こうした思いが突然、悪夢となってアラスカを苦しめた。

2

ジェフリー・ワリンジャーと話しても、もはやしかたなかった。十四日前に〝丸太〟についていくらかあらたな確認ができたハイパー物理学者は、全長八十キロメートルの未知物体のことしか頭にないようだ。

そのためペリー・ローダンは、はじめのうちはかれと迷宮ダイヴァーについて相談しようともしなかった。実際、それに関してはもはや疑問点もない。この装置の機能はわかっていて、操作にも慣れた。いつでも試作品の有用性をテストできる。

問題なのはただ、自身がまずオルフェウス迷宮に入らなければ、そこから迷宮ダイヴァーでもどれるのかどうか調べられないという点だった。もし装置が故障すれば、かれは永久に迷宮に囚われることになる。それでもペリー・ローダンは一瞬も躊躇《ちゅうちょ》することなく、その危険をおかすことにした。

「機能の保証はできません」ジェフリーは断言した。「テストはひととおり終了しています。ここからは迷宮ダイヴァーの価値を実践でしめす必要があります。あなたの経験を報告してください。そこからすこし改善できることもあるでしょう。たとえば微調整については……」

ペリー・ローダンは、ジェフリーがまだ集中していて余裕がないことに気づいたので、この話題についてはそれ以上ひろげなかった。迷宮ダイヴァーは、じつはジェフリーの作品の副産物にすぎない。かれがそれを開発したのは、ローダンが息子ロワ・ダントンとロナルド・テケナーを救出するためにオルフェウス迷宮に入るつもりだと知らせたときだった。

ワリンジャーのおもな仕事はベクトリング可能なグリゴロフ・プロジェクター、つまり、メタグラヴ・エンジンで異宇宙に向かえるようにする機器の開発だ。何十年も前からこの問題にとりくんできたが、思うような成果は得られていない。

ベクトリング可能なグリゴロフ・プロジェクターを使ってゾンデを数機送った結果、それらが異宇宙ではなく〝丸太〟で物質化したときに、かれが受けた衝撃は容易に想像できる。

それは〝丸太〟のストレンジネス値が、ゼロからさまざまな数字であることが原因だった。この未知物体に接近しすぎた知性体は狂気におちいり、近代的ロボットのシントロニクスのようなプシオン・ベースで作動する装置はすべて機能不全になった。

〝丸太〟に近づけるのは四光分の距離が限界だが、ハルト人のイホ・トロトだけはそこをこえて接近することに成功した。

ワリンジャーはせめて一光分の距離まで接近できるようにと、ストレンジネス・シールドを開発した。このシールドを使ったネットウォーカー三名が近づきすぎ、明らかに狂気の初期症状にかかりながらも、ついに〝丸太〟に到達したのだった。

最終的には、ジェフリーがダニエルと呼ぶ、電子基板で動く旧式ロボットの力を借りて、危機におちいったネットウォーカー三名は救出され、ぶじに惑星サバルにもどってきた。

かれらはイルミナ・コチストワに保護され、快復に向かっている。

ジェフリーは、この事件で〝丸太〟に関する情報を得て、ほとんど高揚した状態になっていた。

「〝丸太〟に生物がいる!」かれは勝ち誇るようにいった。「今回得られた情報からさらに、これまで考えなかった疑問がいくつか浮かびあがった。しかし、それにもとづいて続行すれば、〝丸太〟の謎を解くことができるだろう」

この考えにマルチ科学者はとりつかれ、ほかの話はできなくなってしまった。ときには夢想にふけりすぎて、理性を失いそうだ……まるで、〝丸太〟のストレンジネス効果が数光年の距離をこえて作用しているかのように。

ローダンがまさに驚いたのは、かれがこんなことをいったときだ。

「ペリー、シスラペン二名とフリズ・ヘッデーレを連れ帰ったあと、ダニエルがわたしになにを報告したか、想像してみてください。ええ、〝丸太〟には生物がいることが確実になりました。しかし〝丸太〟には、それがなんであろうと、もっとすばらしいものがあったのです。プロフォス革のブーツですよ。しかもテラ製です！　ブーツの持ち主も〝丸太〟を幽霊のようにさまよっているということ。ダニエルは痩軀のヒューマノイドを見たと確信しています……さらに、キュウリを。スヴォーン人かもしれません！」

ペリー・ローダンは、故郷銀河の諸種族がもっと〝丸太〟に住んでいないのかという疑問を口にしかかったが、そのような皮肉はいわずにこらえた。ジェフリーを失望させたくないし、かれの〝丸太〟研究の熱意に水をかけることもしたくない。ともかく、コスモヌクレオチド・ドリフェルと相互に強く作用しあっている、この未知の巨体の謎を究明する価値はあるのだから。

ただこの瞬間、ペリー・ローダンは、べつのことで忙しかったということにすぎなかった。かれは、戦士崇拝の解体に関わるネットウォーカーの壮大な計画のすべてをわきに押しやり、ロワとロンの救出作戦に集中していたのだ。

三月初旬にヤグザンにおいてオルフェウス迷宮のカリュドンの狩りがはじまるまで、まだ十四日間の準備期間がある。あわてて冒険に飛びこまなくても、ゆっくり迷宮ダイヴァーをためせるだろう。

ローダンは、ヘルドル星系にもっとも近いネットステーションに個体ジャンプで向かい、そこから行動を開始する予定だった。目的地に定めたのはヴァーランド・ステーションといい、七つの惑星を持つ星系の第四惑星と同じ名で、恒星ヘルドルからわずか一・五光年の距離にある。

しかし、イルミナ・コチストワから、彼女のヴィールス船《アスクレピオス》で目的地まで飛んでいくという提案をされると、それが魅力的に思えたので、受け入れた。

「いいじゃないか」と、ローダンはいった。「迷宮ダイヴァーがうまくいかなかったら、きみにヤグザンまで飛んでもらい、わたしはそこでカリュドンの狩りに参加を志願できる」

「あなたの計画を手伝えなくても、ともかくじゃまはしません」イルミナ・コチストワは応えた。「ただ、近くにいたいのです。デメテルやジェニー、シガ星人の運命がもっとわかるかもしれない。アラスカの情報では不充分でした。彼女たちを助けるなら、急がなければ。変容が進みすぎる前に」

《アスクレピオス》は三月三日にサバルを出発し、パラック球状星団をはなれ、エネルプシ航行でトロヴェヌール銀河に向かった。

その前夜、ペリー・ローダンは悪夢にうなされた。夜明けよりもかなり早く目がさめて、まったく眠れなくなってしまった。おちつかないかれの動きにゲシールも目をさまし、突然ベッドでからだを起こし、心配そうにかれを見やった。

「どうしたの、ペリー?」彼女はたずねた。

かれは夢の話をした。

戦士ヤルンのプシオン罠システムに捕らえられ、ヤグザンのオルフェウス迷宮に着いた夢だ。そこの状況についてはまったく記憶にないが、全体のようすは恐ろしいものだった。かれ自身がべつの存在になったあと、非常な恐怖を感じさせる獣のような生物に遭遇した。この怪物の姿についても記憶はないが、それを見たときの恐怖感だけがのこっている。パニックになって獣を殺したいと思ったが、この瞬間、娘のエイレーネが先にこの罠に入っていたことがわかった。超現実の迷宮で兄を探すためだ。彼女はショック状態にあり、ペリーは娘を連れて迷宮から脱出しようとする。ところが、迷宮ダイヴァーがうまく機能せず、失敗する。事態は悪化し、目には見えないがはっきり感じられる恐怖が、ふたりに忍びよってきた。異様なものなのになじみがあり、殺意と同情を同時に感じるなにかが向かってきて……その瞬間、目をさましたのだ。

「エイレーネのことを心配しすぎているのよ」ゲシールはなだめるようにいった。「あの子は同行するのを許してもらえなくて、すこし反抗的になっている。でも、そんな軽率なことはしないでしょう。娘のことはよくわかっているわ」

「だが、彼女はどこにいる? 最後に会ったのはいつだ?」

「エイレーネは北極圏にいるわ。友の白キツネたちといっしょに。ブウィミのところよ」

ローダンはいくらか安心したが、それでも娘がおろかなことをする可能性を完全に捨て去ることはできない。

奇妙な夢が相《あ》いかわらず気にかかる。夢のなかで自分とエイレーネが脅されながらもあわれみを感じた怪物がどんなものだったか、考えた。

突然に目がさめて夢のなかから引きもどされなければ、その怪物をどんなものとして分類していただろうか？

ほとんど眠れなかったが、細胞活性装置の再生作用で、《アスクレピオス》がスタートするさいには力をとりもどしていた。

《アスクレピオス》は、パラック球状星団とトロヴェヌール銀河を隔てる九十万光年の距離を航行するため、プシオン・ネットの通常路に沿った直進コースを選択した。

＊

スリマヴォは伴侶《はんりょ》が装備を着用するのを見ていた。十六年前にオルフェウス迷宮から脱出したときに身につけていたのと同じ、革に似たコンビネーションだ。パッド入りのせいで、より筋肉質で全体的に太っているように見える。

彼女はしずかにほほえんだ。

ヴェトは着替えの手順を延々とつづけ、それはほとんど儀式のようだった。まず念入りにからだの手入れをし、何時間もかけてカタツムリ形に巻いた髪型をととのえ、さらにエフィトラ人の従者にマッサージをさせた。いまはくすんだ褐色の革のような戦闘スーツを、まさしくものものしく着用している。

それが終わると、平たい背嚢《はいのう》を背負い、何度か腰と肩のベルトを調整し、満足そうにうなずいて留め具をかけた。

「なにかおもしろいことでもあるのか？」真剣な顔でたずねる。

「任務の準備が慎重だから、感嘆しているの」スリはいった。「パダガルがずっと前から待っていることは、まったく気にしていないようね。レジナルド・ブルはいうまでもないわ。かれはとっくに凪ゾーンの外側の会合ポイントに着いているはず」

「カリュドンの狩りの準備をしているのだ」ヴェト・レブリアンはこれですべてがわかるかのようにいい、説明として、こうつけくわえた。「狩人としてオルフェウス迷宮に入るのははじめてだから」

ようやくヴェトは装備に満足し、ふたりは宿舎をあとにした。

スリマヴォとムリロン人は八年以上前から、宇宙船の墓場クルサアファルで暮らしている。そこはシオム・ソム銀河の巨大な凪ゾーンに住む宇宙遊民の主拠点だ。数十万隻の難破船からなる半月形の構造物は、巨星エフィトラの強力な五次元放射に守られている。この恒星のただひとつの惑星が、エフィトラ人の故郷だった。

スリはヴェトとともに難破船の一キャビンに住んでいたが、これはデソトとその伴侶に認められた特権だった。クルサアファル真空文明のリーダーはいまもエフィトラ人のダグルウンである。だが、ヴェトは宇宙遊民の抵抗組織の指揮をとっていて、そのためにダグルウンの上位にいるのだ。

デソトとしてのヴェトは、ソム人に抑圧されていた自身の種族ムリロン人の大きな希望であるだけでなく、ネットウォーカーやその支援組織と協力して精力的に行動してもいた。

〝デソト〟という名前は、とくに凪ゾーンのあちこちで虐げられた者たちのあいだでは、ほとんど魔法のような力を持っていて、ソム人さえも恐れていた。しかし、その背後に二千年ものあいだ追放されていて、みずからの力でオルフェウス迷宮から脱出したヴェト・レブリアンがいることを知る者はほとんどなく、そのため法典忠誠隊からも尊敬されていた。

ふたりはエネルギー性の通路をへて、ツバメの尾のようなエフィトラ人の宇宙船に着いた。宇宙遊民パダガルの《アスカッシュ》だ。外側エアロックがかれらの背後で閉まり、宇宙船はゆっくり加速した。クルサアファルをはなれると、《アスカッシュ》は最高速度で飛んだ。しかし、エフィトラ人の技術はそれほど高くなく、ハイパーエンジンの使用に必要な加速価に達するまで、すこし時間を要した。

スリとヴェトは乗員用キャビンの成型シートをあてがわれた。ハイパー空間に出入りするさいの遷移ショックを無傷で乗りきるため、からだを固定しなくてはならない。ふたりは凪ゾーンでの無数の超光速航行のあいだにとっくにそれに慣れていたが、それでもエフィトラ人はこの指示を守ることを要求した。

一度めのハイパー・ジャンプのあと、《アスカッシュ》は凪ゾーンの縁の通常空間で短い方位確認をおこない、二度めの遷移を実行した。そのあとようやく警報が解除される。

パダガルはふたりを送別会のため食堂に誘ったが、ふたりはトシン＝ブルが待っているという理由からそれを断った。相手がこれで機嫌を損なったかどうかは見わけにくい。エフィトラ人は軟体生物で、ヒューマノイドのような容貌をしていないからだ。しかし、パダガルは事情に通じており、ヴェトとスリの任務をわかっていたので、急ぐ気持ちに理解はあっただろう。

「次に機会があったら、ぜひよろしく」ヴェトはいった。「オルフェウス迷宮からもどったら」

「幸運を」パダガルが声をかけた。「迷宮からぶじにもどってください……二名の王位篡奪者《さんだつしゃ》もぶじに救いだせるように」

スリとヴェトは困惑して顔を見あわせたが、なにもいわずにエアロックに向かった。《エクスプローラー》がすでにドッキング操作に入っているという情報が通信で入ったからだ。

閉じられたエアロック内でふたりきりになったとき、ヴェトがいった。

「エフィトラ人はまったくおしゃべり好きだ！　それほどたたないうちに、ロワ・ダントンとロナルド・テケナーをあらたなデソトにする気だろう」

「心配いらないわ。あのふたりがあなたを出しぬこうとするわけがない」スリは笑った。

もちろん事情通としてパダガルは、ヤグザンでのカリュドンの狩りに参加することが、ヴィーロ宙航士二名の救出作戦のための口実にすぎないことを知っていた。救出に成功したら、ロワとロンを永遠の戦士たちに対抗する大規模な戦いにくわえようとネットウォーカーたちが計画していることが、どこからかエフィトラ人の耳に入っていたのだ。そうすると、パダガルの想像では、二名は永遠の戦士をすぐにも王座から追い落とす篡奪者になるのだろう。

《エクスプローラー》船内で、スリとヴェトはすぐにレジナルド・ブルに迎えられた。このヴィーロ宙航士はネットウォーカーの組織に入ることを拒否し、むしろさまざまな抵抗グループとの仲介役として、とくに凪ゾーンの周辺部で活動している。ブルはヴェトといろいろ協働していた。計画されている救出作戦の情報をもたらし、支援をもとめたのもブルだった。

「いったい、パダガルになにを話したの、ブリー？」スリは挨拶すると、エフィトラ人がいったことをくりかえした。

「わたしはなにももらしてないぞ。なにしろ、わたし自身がなにも知らないのだから」ブルがいった。「ネットウォーカーは、戦士崇拝に効果的に対抗するために一連の計画を練りあげている。だが、わたしの知るかぎり、かれらも多様な計画のうちどれを選択するかはまだ決定していない。すべては救出作戦が成功するかどうか、そしてロワとロンをどれだけうまく使えるかにかかっている。ただ、もしかれらが……いや、かれらがなにをされたか考えると、参加しないとは思えない」かれはため息をついて、打ちひしがれているようだった。「この作戦に参加するためなら、どんなこともするだろう！ロワは子供のころから、わが息子のようだった。しかし……」かれは罪人として追放された身であることをしめす、自身の額に押された深紅の印を指さした。「トシンのわたしにはチャンスがない。トロヴェヌールに同行することさえできない。だが、航行のために《ラヴリー・アンド・ブルー》を提供しよう。それなら問題あるまい」

《ラヴリー・アンド・ブルー》は、ブルの《エクスプローラー》部隊にまだのこるヴィールス船の九セグメントのうちの一隻で、船長はブルー族のエルスカルジだ。

ヴェトはブルに最近の状況についてたずね、今後の展開についての情報をもとめた。しかし、ブルにはあまり語ることがなかった。アラスカ・シェーデレーアからそれ以上の報告がなく、連れのテスタレがすでに数週間前にネットウォーカーに伝えたことしかわからないと、残念そうにいった。

「ネットウォーカーたちもヤグザンの状況についてほとんどわかっていない」ブルはつづけた。「かれらのなかで、これまでオルフェウス迷宮の領域内で活動した者はひとりもいないのだ。しかし、それは、ヤルンの勢力圏内のあらゆる迷宮世界でも似たようなものだろう。自身の経験にたよるしかない、ヴェト。ヤグザンでアラスカに会い、話しあえるといいのだが」

「ネットウォーカーからはどんな援助を得られるだろうか？」ヴェトがたずねる。

「こちら側からは、たいした援助は得られないだろう」ブルは答えた。「ネットウォーカーはオルフェウス迷宮への影響力を持たない。迷宮は命とりとなる罠であり、かれらは疫病のように避けている。ペリー・ローダンだけは、息子の救出作戦に参加することにあくまで固執《こしつ》しているが。しかし、ペリーはべつの道をとっているから、コンタクトできるのは迷宮に着いてからだろう」

「ヤルンの門以外にも迷宮への出入口があるの？」スリマヴォは驚いた。

「ネットウォーカーのためのものがある」ブルは苦笑した。「あのおろか者ペリーは、プシオン罠のひとつに捕らえられ、囚人として迷宮に転送されるつもりなのだ。帰還を可能にする装置をジェフリー・ワリンジャーにつくらせたんだが、問題は、これが実地テストされていない試作品ということだ」

ヴェトの顔にある黒い色素が紅潮した。かれはにやりとして、辛辣《しんらつ》にいう。

「ま、われわれはうまく組織された部隊ではないから！」「がっちりした土台の支えがあると意識のなかでは考えながら、冒険に飛びこもう」

「すまない。これ以上はどうしようもないのだ」ブルは申しわけなさそうに、「わたしには理解できる。もし、危険が大きすぎるときみが考えても……」

「そんなことは問題にならない」ヴェトが話をさえぎる。「ただ、ネットウォーカーがそのようにおざなりにものごとに迫るのを不思議に感じる。このような状況下では、かれらが戦士崇拝に対抗する戦いでまだ決定的な成果をあげていないのも無理はない」

「これが個人的な活動で、ネットウォーカーの公的な作戦ではないことを忘れるな」ブルが応える。「ネットウォーカーには組織としてべつの優先事がある。だが、こちらは純粋に友好関係からの動きだ……くそ！　わたしも参加できればいいのだが」

「あなたの友を連れもどす、ブリー」ヴェトは約束した。

ブルは別れの挨拶をして幸運を祈った。その後、スリとヴェトは《エクスプローラー》部隊でもっともちいさなセグメントである《ラヴリー・アンド・ブルー》に乗り換えた。

このヴィールス船は奥行六メートル、長さ三十メートル、幅二十メートルの不規則な多角形だった。グラヴォ・エンジンをそなえた搭載艇が二機あり、間隔を詰めればそれぞれ六名まで収容できる。乗員はエルスカルジ船長をふくめて、さまざまな種族のギャラクティカー十八名で、そのうちテラナーはふたりだけだった。

《ラヴリー・アンド・ブルー》は《エクスプローラー》部隊からはなれて加速し、通常路のプシオン・ネットに入った。

「目的地まで七十二時間」と、エルスカルジ。「シオム・ソムとトロヴェヌールのあいだの八十万光年はそのうちのほんのわずかな時間でこえられるが、思わぬ遅れが発生することも見こんでおかなくてはならない。ヴィールス船はエスタルトゥではいまなお異星的な存在であり、乗員はゴリムとみなされ、そのためいかがわしいと思われているから。しかし、三日後にはわれわれはヘルドル星系に到着しているはず」

ヴェトは身震いしながら背を向け、スリとともに使うようにあたえられたせまいキャビンに引きこもり、背嚢をチェックした。かれはこの装備を自分の〝進行役〟と呼んでいる。スリマヴォがこれについて知っているのは、オルフェウス迷宮で使う探知・確認・生存システムが組みこまれているということだけだ。

ヴェトはほとんどの時間を〝進行役〟の微調整に費《つい》やした。スリマヴォはときどきかれにつきあい、また、乗員たちと交流して銀河系での懐かしい思い出話を聞いた。どのヴィーロ宙航士も、十七年前に脱出したあと、ふたたび銀河系を見ていない。だれもが故郷への帰還を夢みていたが、それは自由な故郷銀河にもどりたいということであり、スティギアン・ネットに組みこまれることでも、恒久的葛藤に命の主導権を握られることでもない。だから、この目的を達成するために、かれらはエスタルトゥで辛抱強く待ちつづけている。というのは、悪の根源と戦わなければ、ギャラクティカムにチャンスはないと知っているからだ。

ブルのヴィーロ宙航士たちはすでに、一日じゅう無為にすごして宇宙の奇蹟を楽しむ零落したなまけ者ではなくなっていたが、責任を負える心づもりがある者はほとんどいない。ヴィーロ宙航士の圧倒的多数は、異郷への憧れにかられてヴィールス船に乗り、エネルプシ・エンジンで行ける五千万光年領域のどこかを行き来してきたのだ……

《ラヴリー・アンド・ブルー》はトロヴェヌール銀河に到達し、エルスカルジは永遠の戦士ヤルンのさまざまな制御ステーションにみずから出向いた。どこでもヴェト・レブリアンという名前と、カリュドンの狩人という地位を伝えるだけで通行が許された。その結果、エルスカルジが予想していたよりも時間をむだにすることなく、《ラヴリー・アンド・ブルー》はシオム・ソムを出発してから標準時間で六十三時間後にヘルドル星系に進入し、第五惑星に向かうことができた。

エルスカルジは、ヤグザンの周回軌道に入るように指示された。しかし、自身の忠臣スリとともに搭載艇でルランゴ・モジャに飛びたいというヴェト・レブリアンの願いは認められなかった。惑星フェリーを使い、狩人志願の長い待機者リストの最後にくわわるしかない。

さらに二十四時間の待機をへて、楔《くさび》型のフェリー一機が《ラヴリー・アンド・ブルー》の周回コースに追いつき、ヴェトとスリを乗せて第一の迷宮門であるルランゴ・モジャに向かった。

ヴィールス船の船内時計の日付はNGZ四四六年三月五日となっていた。

エルスカルジは軌道上の《ラヴリー・アンド・ブルー》で、カリュドンの狩人ふたりがもどるのを待つと約束した。

＊

刺すような痛み。二度、三度、四度と、感覚がどんどん短くなる。困惑して、集中し、目ざめた精神をととのえようとするが、たたきつけるような痛みの波がますますはげしくなり、それどころではなくなった。電気ショックのリズムが速まっていき、インパルスがべつのインパルスとつながり、強烈な痛みが爆発した。

緊張して引きつり、膨張し、押しつぶされ、それにつづく快復段階の痙攣がくる。

ぼんやりとした最初の思考が浮かんできて、耐えぬいた苦しみは、苦痛に満ちた目ざめのせいだとわかった。痛みはおさまっていき、考えがはっきりしてきて、かれは自身をとりもどした。

かれはアッカル。飢えて干からびたボセムだ。できるだけ存在の質量を減らして結晶化し、ちいさくて重く、目に見えないものになり、深い眠りのなかにいて、どこかの深層の住民にとりこまれたいと願い、そういう宿主のからだを見つけだそうとしていた。

かれは目ざめる。すると、宿主のからだに入っていた。

アッカルは伸びをして、流れてくる栄養液を大量に吸収し、それによって洗われ、大きく強くなっていき……そして、ついに覚醒した。自分が巣食っていた有機体が必死にまた自分を追いだそうとしているのを感じる。宿主は防御物質を発したが、アッカルはそれを吸収した。宿主はアッカルを窒息させ、吐きだそうとしたが、アッカルはかなり再生していて、痙攣して揺れる有機体の壁にしがみついた。アッカルはまさにそのからだから力を得て、強くなっていた。相手は自分とはげしく戦っているが……むだな戦いだと、寄生生物は満足そうに確信した。

アッカルは勝利した。からだは大きくなり、精神も完全に目ざめた。そしていままでは、自由に飛びまわるボセムのころにはわからなかった、自身の新しい驚くべき能力に気づくことになった。

かれは宿主のからだに適応するだけでなく、宿主と一体化して、それを引き継ぐことができたのだ。それどころか……思考の主の複雑なシステムを通じて……宿主の感覚や思考を受けとり、それを抑圧して自分のものとすりかえることまでできていた。

宿主の嘆きに耳を澄ましてみる。

〝……わたしはなにをのみこんだのだろうか……？　外に出さなくては……ケリル、助けてくれ！　ああ、くそ、気分が悪い！　からだのなかが燃えるようだ……死にたくない……ケリル、いったい、どこにいる……？　思うように動けない……なにも見えなくなった……意識は失いたくない……〟

アッカルはついに宿主の精神を追いだし、そのからだを自分のものにした。精神が消え去っていくなか、アッカルはぐったりしたからだを探り、組織に傷をつけずに引きとれるようにした。

かつてボセムだったことはもう忘れていた。生来の貪欲さを発揮して宿主のからだを吸収しようとは、一瞬も考えなかった。そのかわりに、熟慮することもなく新しいからだに棲みつき、自分のからだのように使っていこうと考える。

とうとう新しいからだの調査が終わり、よく理解してうまくあつかえるようになった。それはエジブリーのからだだった。皮が厚く、痩軀で敏捷《びんしょう》に動く六本脚生物だ。六肢は移動のためのものであるのと同時に、むずかしい作業の補助具として使うこともできる。アッカルはこれまでこの種の生物をしとめたことがなかった。エジブリーはふつう、この世界の最下層で暮らしているからだ。

このエジブリーは名をハルという。アッカルはそれを、いま支配している脳の記憶情報から知った。また、非常に特殊な個体だということもわかった。ハルは、多様な生物をまとめて団結し、迷宮世界の危機に対抗する生存競争をおこなう組織のひとつに属していたのだ。まったく驚く話だ！

「おい、ハル！」べつのエジブリーが一体、変わったかたちの岩の隙間からあらわれた。岩壁に四肢をついてからだを支え、直立している。二本の有柄眼が回転しながら周囲に危険がないか探っている。「どうした？」

アッカルは六肢のすべてを使って、ぎごちなくからだを起こした。

「ちょっところんだだけだ、ケリル」かれはぼんやりいった。声がまだ奇妙にしわがれているようだが、練習すればなんとかなるだろう。

「急いでこっちへこい！」ケリルは安全なかくれ場から大声でいった。「もうすぐ狩りの季節がはじまるそうだ。早めに安全な場所に身をかくし、生きのびるための戦略を考えなくては」

アッカルは心のなかで悪態をついた。幽霊狩りの期間を、深い眠りのなかで乗りきりたいと考えていたのだが。

一瞬、宿主のからだを捨てて、ふたたびボセムにもどろうかとも考えた。しかし、そんなことをすれば、変容のあいだ、さらに捕まえやすい獲物になってしまうだろう。

「なんでもない、ケリル」アッカルはいった。「ころんだせいで、足がふらつくんだ。だが、すぐによくなる」

ケリルの合図で、アッカル＝ハルは友のあとを追って割れ目だらけの岩のあいだに入った。目の前で揺れるケリルの肉づきのいい背中を見て、一瞬、猛烈な空腹感に襲われた。しかし、とりあえず欲求をおさえる。

まず、状況を把握しなければならない。そうすれば今後の展望が考えられるだろう。迫りくる狩りの時期にそなえて、生存のための策を聞くのも悪くはない。

3

ルランゴ・モジャは、ヤグザンのオルフェウス迷宮に入るための三つの門のうち第一の門で、アラスカ・シェーデレーアはいろいろな点からシオム・ソム銀河の紋章の門を思いだした。

もちろん、紋章の門はいずれも異なっているから、迷宮門もさまざまな外見だろう。しかし、どれも建築様式は堂々としている。実用的な基本構造、建築学的な基準、技術的設備の配置も同じようだ。

最大の違いは、紋章の門は基本的に惑星の地表につくられているが、ルランゴ・モジャはこの極限惑星の地表から高いところにある点だった。それはヤグザンの、生命をおびやかすような条件に関係しているのだろう。また、アラスカの情報では、オルフェウス迷宮は極限惑星にしか存在しないので、ヤグザンの門からほかの迷宮門を推測することもできる。それらはおそらくいずれも、門という名の浮遊プラットフォーム、あるいは飛翔プラットフォームなのだろう。

もちろん紋章の門のほうが大規模で、より自由に動けるが、こちらはせまい空間にすべてが集約しているのが特徴的だ。しかし、それは状況による。というのも、紋章の門での動きはおもにその周辺で展開されるのだが、ここではそういったことはない。使える空間はかぎられているから、そこが最大限に活用されるはずだ。

しかし、見かけ上は異なる門のシステムでも、両者で使用される技術はかなり同じものだった。どちらも、宇宙のプシオン・エネルギー・フィールドをあらたにととのえ、あらゆる物質の輸送に使えるようにするプシ転送システムにもとづいている。紋章の門のように、数光年規模のシステムがたがいに結合されると、いわゆる凪ゾーンが生じる。エネルプシ・エンジンが作動しない、〝プシオン的に死んだ〟空間だ。プシオン・ネットワークがテレポート・システムのように惑星規模の場合は、広範な凪ゾーンは発生しない。

迷宮門もこのプシ転送システムが基本になっている。だが唯一違うのは、送りだされた物質が、受け入れ転送機によって標準宇宙の現実にもどされるのではなく、プシオン性の現実傾斜の作用範囲に入り、変異を遂げてしまうことだ。それがどのように起こるのか、詳細についてはアラスカの情報源ではなにも触れられていない。変異の起こり方や現実傾斜の発生については、情報提供者自身も知らないのではないかと、かれは推測している。しかし、送りだされた対象物が超現実のなかで最終的に変異するためには、三段階のプログラムが必要だった。

第一段階のルランゴ・モジャからルランゴ・ビリへの送り出しでは、最初の適合操作のみがおこなわれる。次のルランゴ・タトゥへの転送で、それが調整される。ルランゴ・タトゥで最終的な変異が起こり、超現実に適合する。そうなると、自身がこのずれた現実の一部となり、標準宇宙から見る者には幽霊のような幻影になるのだ。

超現実とは、非現実的ではなく、技術でつくられたものでもない。むしろ、それは隣接するものの一部だ。そこに入った者は、べつの存在平面、すなわちパラレルワールド、あるいは、いうなれば異宇宙の一領域へ、たんに比較的ちいさな一歩を踏みだすにすぎない。

アラスカは超現実を経験したことがある。タルサモン湖がある名もなきクエリオンの惑星で〝都市〟に入ると、ほとんど毎回、この都市が存在する三つの存在平面のひとつに飛ばされる現象が起きた。三つの門をすべて通過してヤグザンのオルフェウス迷宮に入ったら、同じようなことが起きるだろう……それはべつの超現実の、かすかにずれた現実へのちいさな一歩にすぎない。ヤグザンという名の、ほんのすこしだけ異なるストレンジネス値を持つ場所への一歩だ。

しばらく前にアラスカはペリー・ローダンとこのテーマ、つまりオルフェウス迷宮についての話をしたことがあった。アラスカの頭によぎっていることを解説したのはペリーだった。ペリーのほうは、超現実学者のアンブッシュ・サトーからそれを教えられたという。サトーは《バジス》で嘲笑され、埋もれた天才として日々をすごしていた。《バジス》といえば……この数年のあいだに銀河系からやってきたわずかなヴィーロ宙航士の連絡員のひとりから知らされたことがあった。アフィリカーが設計し、ネーサンによって製造された《バジス》は、NGZ四三四年に銀河系を去って以来、行方不明になっているという。そのときから、エスタルトゥにいるギャラクティカーたちは、いつか《バジス》があらわれて永遠の戦士との戦いを支援してくれるのではないかと期待をいだくようになっていた。たとえばシオム・ソム銀河の凪ゾーンに《バジス》がいれば、どれほどネットウォーカーにとっての援軍となるだろう……

「夢でもみているのか、シェーディ？」父親のような口調でライニシュがたずねた。

「そうだ」アラスカ・シェーデレーアが認める。「カリュドンの狩りの夢をみていた」

「この冒険の準備をするのに、目的に近づく方法がある」侏儒のガヴロン人がいう。ルランゴ・モジャに着いたときから、パーミットをつけた左手をだれかに見られないようにという意味で、デフレクター・スクリーンのスイッチを入れていた。みなに向かってこうつづけた。「次のピリオドは自由に行動していい。わたしはかたづけることがあるから」

〝ピリオド〟とは、ルランゴ・モジャでの一日のこと。七つの時間区分に分かれており、それぞれが標準時間で三時間に相当する。時間区分は順番に、モロ、エレニシュ、ヴェスト、アルダート、ネリヴォ、ドゥムバ、オウルトと呼ばれていて、それぞれに特別な意味があった。たとえばモロには公共空間への立ち入りは禁止され、通廊や広場は閑散とする。もちろん、まったく用事はかたづけられない。一方、閉鎖された施設に滞在することは許されていた。ドゥムバには、オウルトからモロにつづく睡眠時間がはじまる。だが、これはきびしく守られているわけではない。

全体として、ルランゴ・モジャでは自由に動くことができる。カリュドンの狩りへの参加資格を得られるかという不安がなければ、楽しく滞在できた。

ライニシュは、ハトゥアタニたちがエレニシュを自由にすごすことを許した。

アラスカ・シェーデレーアにとって、それはNGZ四四六年三月五日のことだった。

「おい、シェーディ!」ドゥアラのオギリフが声をかけた。「いっしょにひとめぐりしないか?」

「誘いはうれしいが、ひとりですごしたい」アラスカは断った。

「くそゴリムめ!」ドゥアラの傭兵が悪態をついた。「自分は特別な存在だと思っているのか!」

アラスカは困ったようなしぐさをして背を向けた。かれは、ネットウォーカーの拠点惑星サバルにいるオベアーというドゥアラを知っている。ペリー・ローダンの隣人であり、とても好きだった。しかし、このオギリフは日和見《ひよりみ》主義の傭兵なので、つきあうつもりはなかった。

同行者としては、シジョル・カラエスとアグルエル・エジスキーのほうがずっとよかっただろうが、このヒューマノイド……ライニシュに媚《こ》びてガヴロイドと名乗っている……二名は、かれ以上にまわりとの接触を避けている。

アラスカは最近、ネットウォーカーのあいだにこの二名の情報をひろめ、かれらの種族を特定できる者がいるか探ろうとした。しかし、残念なことにそれ以来、情報ノードを訪れることはできていない。

かれは完全に孤立していた。テスタレやタルサモン湖から遠くはなれ、近々精神的な共生者とともに安らげる見通しもない。

しかし、せめてルランゴ・モジャで仲間に出会えるといいと、希望をいだいていた。

＊

ライニシュと七名のハトゥアタニは、主ピラミッドの外側セクターの宿営地に入った。ここにはすでに狩りの資格がある者か、試験を受ける必要のない〝準狩人〟たちがいた。

しかし、これらの全員がカリュドンの狩りに参加できるわけではない。狩人の数は七十七名にかぎられているからだ。だが、すでに二百五十名の準狩人がいる。望めばいつでもその名を確認することができた。アラスカはいろいろ苦心したが、リストのなかに知っている名前は見つけられなかった。

ピラミッドのさらに奥には、オルフェウス迷宮への進入がすでに確定されている〝絶対狩人〟がいた。しかし、ようやく三十名そろっただけだ。かれらの名前も入手できたが、アラスカになじみがある者はいなかった。ライニシュの名前すらそこにはない。だが、侏儒のガヴロン人が自慢げに断言したように、表向きは四名のポジションが確保されていた。

ピラミッド中央の、実際の迷宮門がある場所は立ち入り禁止だ。ここにはトロヴェヌールの主種族アルロファー人を中心とした護衛と業務員しかいない。ここからルランゴ・モジャの責任者、アルロファー人のサンパムが、周辺での歳の市の運営もふくめて全体を監督していた。しかし、ここは門マスターのアルドルインの領域でもある。

アラスカにとって、ナックはルランゴ・モジャの陰の実力者だった。

エレニシュのはじめの三分の一時間が過ぎたとき、アラスカはピラミッドから星形の土台に出てみた。突起から突起までの最大値が三キロメートルある。

土台の上は平たいドーム状のエネルギー・バリアでおおわれ、虹色の輝きがその向こう側の嵐を隔てている。ルランゴ・モジャでは、高度に発達したエスタルトゥ技術によって、極限惑星の過酷さはまったく感じられず、ヤグザンの地獄のなかで平穏な島となっていた。

防御バリアの多彩な輝きのなか、アラスカの眼前にひろがったのは幻想的な光景だった。たとえ〝それ〟でも、エデンIIでこれ以上に魅惑的には構成できないだろうというようなものだ。

丘陵地帯の水耕栽培の庭には、多くの異星情緒あふれる植物が植えられている。さまざまな種類のものが一本ずつあり、トロヴェヌールの葉緑素を基本とする植物の多様性をすべてそろえることを目的としているかのようだ。

そのあいだには、かたちや高さが異なる建物やモニュメントが立ちならび、多種多様にもかかわらず均質に風景に溶けこんでいる。アラスカは戦士ヤルンの記念碑を見つけたが、それは実際の姿を見せるのではなく、数秒間隔でうつりかわり、トロヴェヌールの主種族のあらゆる姿となってあらわれていた。

向かい側にはアッタル・パニシュ・パニシャ、オーグ・アト・タルカンの記念碑がある。恒久的葛藤の創始者とされるネコに似た巨漢で、その立像はどのダシド室にもあった。

全体にエネルギー性の専用レーンが複雑に交差していて、星形の土台の突起の先まで音もなく進むことができる。

この長さ五百メートルの突起は合計で八本あり、新入りはそこで宿泊する。ルランゴ

・モジャにきた者は、だれもがここに入らなくてはならない。特権を有する者も、期間は短いが、ここに滞在する。

ライニシュとハトゥアタニ七名は、このセクターをすこし速いテンポで通過し、転送機でピラミッドに運ばれた。

目下、この八本の突起には狩人志願者が五千名ほど滞在している。かれらが準狩人の資格を得るには、ここで試験に合格する必要があった。カリュドンの狩りに参加したいと申しでた者は、このエリアを出ることも、ルランゴ・モジャの主プラットフォームで楽しむことも許されない。

しかし、ここにはカリュドンの狩りの参加資格を得るためではなく、お祭り騒ぎを楽しむため、あるいは商売のためにきている者もたくさんいた。しかし、そのような客や商人でも、きびしい検査を受けなければならない。それは軌道上ですでにおこなわれたが、実際はヘルドル星系のもっとも外側の境界部分から開始される。そこでは巡察隊が進入してくる宇宙船の第一の点検を実施し、突起部のエアロックでさらに細かくチェックしていた。

それでも、直径二キロメートル、高さ三百メートルの比較的ちいさな主プラットフォームには、さまざまな種族がそれぞれの関心をいだいて三万名ほど集まっていた。その数はどんどん増えている。カリュドンの狩りの開始時には、多くの狩人、数千の資格のない者、そしてもちろんアルロファー人の常連をのぞいても、訪れる者の数は五万名に達するだろう。

数字から考えると、ルランゴ・モジャは非常な混雑状態のようだが、そんなことはまったくない。訪問者たちは三十階建ての各階に分散しているからだ。ネリヴォの時間には、ルランゴ・モジャはほとんど閑散としていた。狩人や高官などの特権を有する者たちだけは用事をすませたり、楽しんだりするために外出を許されるが、モロには墓場のような静けさになる。

カオス寸前の状態になっているのは、突起にある〝スラム〟と呼ばれる場所だけだった。ここには、ルランゴ・モジャへの入場を希望する者が何千と集まる。

アラスカがうしろを振り返ると、高さ五百メートルの八角錐ピラミッドの頂上が見えた。そこには高さごとにエネルギー・レーンがのびていて、住民を快適に宿舎に運んでいる。

「永遠の戦士ヤルンにとって、これらを存在させるためなら、なにごとも高価でぜいたくすぎはしない」アラスカはひとり言をいった。自身をヤルンに属する者として認めるようなこの暗示的な言葉がおもしろく、笑みがこぼれる。

主ピラミッドに八つある三角形の面では、エスタルトゥのシンボルが輝いている。三角形の角に向かう三本の矢で、第三の道をあらわす象徴だ。同時にこの三角形のシンボルには装飾的な印が組みこまれていて、上のプラットフォームに行けば作動させられるようになっている。これにより、オルフェウス迷宮とカリュドンの狩りの歴史を知ることができるのだ。

これはシオム・ソムの紋章の門との共通点だった。

アラスカは時間に余裕があったので、もよりのプラットフォームに入ってみた。ここでは数十名の多様な者たちが恍惚《こうこつ》とした表情で立ち、迷宮の誕生や狩りの経緯について説明を受けていた。

かれらにまじって、アラスカも知識の欠けていた部分を埋めていった。

*

トロヴェヌール銀河のプシオン迷宮をめぐるヤルンの狩りの歴史。

はじまりは、エスタルトゥがプテルス種族からもっとも勇敢で強くりっぱな十二名の者を選び、かれらを永遠の戦士としてからまもなくのことだった。かれらはそれぞれ、力の集合体エスタルトゥのなかの一銀河を管理することになった。その後、永遠の戦士たちは、自分たちの領域を、超越知性体の栄光と全能の証《あか》しとなる宇宙の奇蹟で飾ることにした……エスタルトゥと自分たちの栄誉のために。

シオム・ソム銀河で紋章の門をつくったのはイジャルコルだ。一惑星からべつの惑星への数光年の距離を一歩でこえられる門で、暗黒空間へ、エスタルトゥの居所へまっすぐ到達できる門もかれがつくった。カルマーはエレンディラ銀河で至福のリングをつくり、ペリフォルには、エスタルトゥの技術的な遺産を、失われた贈り物としてムウン銀河で流通させることが託された。ナスチョルは、自身のシルラガル銀河を歌い踊るモジュールの輪舞でしあげた……

しかし、永遠の戦士ヤルンは超越知性体エスタルトゥを讃《たた》えるために、なにか特別な奇蹟をつくりたいと考えていた。ほかよりもすぐれているだけではなく、永遠の戦士の名誉にもふさわしいものを。

かれは大勢の部下を召集し、トロヴェヌール銀河でもっとも聡明で発想力に富んだ頭脳を集め、そうした奇蹟を案出させようとした。

一世代にわたってつづいたこのシンポジウムで、しだいにアイデアがまとまっていった。未知領域への入口、まったく異質な次元への入口をつくり、不可解な現象に満ちた異世界の迷宮のような光景のなか、向こう見ずな冒険者や探検家に自分たちの探求する力を証明する機会を提供しようということになった……つまり、その世界を永遠の戦士ヤルンのために開発し、ヤルンにしたがわせるのだ。

そうして構想され、そのとおりになった。

多くの惑星でいっせいに、このような異次元への門がつくられた。それは基本的にヤグザンに似た極限惑星で、トロヴェヌールの支配的な種族たちが定住できないところであり、それ自体が異次元の世界のゆがんだイメージだった。

しかし、選ばれた者たち……かれらは服従、名誉、戦いの戒律にしたがって事前に試験を受けなくてはならない……のために、最初のヤルン門が開かれるとすぐに、きわめて不穏な予測せぬ事態となった。

迷宮を探検する者の多くは、もはやもどらなかった。また、帰還した者たちは、信じがたいような生物、かれらを襲って引き裂こうとした怪物について報告した。多くの法典忠誠者が怪物の犠牲となった。ほかには、怪物のような迷宮の獣が門から永遠の戦士ヤルンの領地に侵入して、そこを征服しようとたくらんでいるという証拠を持ち帰る冒険者もいた。

この挑発を受けてヤルンは、最強で最大、かつもっとも勇敢な、恒久的葛藤において賞讃された輝かしい英雄たちを召集した。かれらに、異世界の怪物に致命的な打撃をあたえられるような武器を装備させ、未知の世界で方位確認できる装置もあたえた。さらに、異次元の原則に強い装備でかれらを守った。また、かれらが戦う怪物と似た姿に見えるように外見を変えられる、特別な恩恵もあたえた。つまり、かれらを狩りの対象となる怪物に変異させたのだ。

これが本来のヤルンの狩りのはじまりだ。はるかかなたの、いまやソト＝ティグ・イアンのおかげで、エスタルトゥ十二銀河の諸種族のために恒久的葛藤の協力関係を引き継いでいる銀河系における同様の出来ごとにちなんで、現在ではカリュドンの狩りと呼ばれている。このカリュドンの狩りは地下世界でくりひろげられるため、かつてそうした冥界に迷いこんだ銀河系のひとりの英雄にちなんで、オルフェウス迷宮と呼ばれるようになった。

現在でも当時と同様に、狩人はセプラローン、スレイヤ、テッタローンの姿になり、あるいはクローゼ、ボセム、クラブスに変異し、忠臣や武器保持者をしたがえている。ロボットや動物などあらゆる種類の、狩人自身と同じように変容したおとりを用意し、さまざまな武装をする。かれらはこのように武器をそろえ、危険な獣に立ち向かうのだ。それらを倒して数が増えないようにし、獣がオルフェウス迷宮から上の世界にあがってきたり、永遠の戦士ヤルンがエスタルトゥのために管理する領域が脅かされたりしないようにする。

勇敢な狩人をめざす者は、原則が完全に反転した異世界である迷宮に入ることを考えなくてはいけない。そこでは上が下になり、黒が白になり、友の顔が友のものではなくなり、最悪の敵の背中になることもありうる。

狩人が敵と味方を区別し、怪物の姿をした狩人を見わけられるように、ヤルンは狩りでもっとも重要な道具である〝イシャラ〟をあたえる。イシャラはけっしてあざむかない。心と頭はオルフェウス迷宮で誤ることがあるが、イシャラは絶対に誤らないのだ。イシャラのインパルスは狩人に、どの怪物が同じインパルスを持つ見せかけの怪物で、つまり冥界の住民の仮面をかぶった狩人であるかをしめす。一方、這ったり飛んだりするもので、イシャラが生きのこる価値がないと判断したものは、すべて狩りの対象となり、射とめられる。

それではオルフェウス迷宮でおこなわれるカリュドンの狩りに参加する栄誉を得られた狩人の諸君、幸運を祈る。ここでは恒久的葛藤が元来のもっとも高貴なかたちでおこなわれるとはいえないが、もっとも冒険的で危険なのはまちがいない……

＊

アラスカはぞっとしながら情報プラットフォームをはなれ、反重力リフトで下降した。十五階で出て、絵文字の列をながめ、武器商人の市場への道をしめす拳銃のかたちをした絵文字をたどっていく。搬送ベルトに乗り、目的の方向に運ばれる。このとき、一プテルスが自分を追っているのを見逃さなかった。〝歴史の授業〟のさいにすでに近くにいて、反重力リフトでもいっしょだった相手だ。

しばらくすると、アラスカはベルトをおりて、シントロン情報スタンドに行った。プテルスも同じように動く。

新入り、準狩人、絶対狩人のリストを調べながら、目のはしで追っ手を観察する。

まず気がついたのは、このプテルスがシャント・コンビネーションを着用しておらず、ムウン銀河のおもな種族によく見られるように服を着ていないことだった。明らかに、かれはウパニシャド学校で学んでいない。身長は一・六五メートルにも満たないが、永遠の戦士のように誇らしげな態度だ。プテルスに選民意識があることはよく知られている。自分たちのなかから永遠の戦士が選ばれたからだ。ソトはかれらの姿をまねてつくられたし、進行役もプテルスをちいさくして尾をつけたような姿だ。しかし、アラスカは、自身を追うプテルスが、こうした関係を知っているかどうか疑問を感じた。

ひとつ目立っているのは、腹までとどく胸当て装甲をつけていること。一枚の鋳物でつくられているようだ。

リストになじみのある名が見つからず、アラスカは背を向けようとした。しかし、そのとき、プテルスが歩みよってきた。

「そこにジョン・ヴァル・ウグラドとあるのは、わたしのことだ」誇らしげにいう。

アラスカはどこかで聞いたことのある名前だと思い、いつのまにか四十名に増えている絶対狩人のリストを見た。そこにその名前があった。

「おめでとう、ジョニー」アラスカはいい、はなれた。プテルスはそばをついてくる。

「ゴリムよ、わたしがだれかわかっていないようだな」ジョン・ヴァル・ウグラドがとがめるようにいう。胸当てをたたくと、円形のフラップが開いた。その下に直径四センチメートルの蛍光色のメダルがある。「イシャラだ。わたしは狩人の有資格者だぞ」

「それがどうした？」アラスカはおもしろそうにたずねた。ふたりでエネルギー・ベルトに乗って運ばれていくあいだ、ネット・コンビネーションの下に手を入れて、茫然とするプテルスに細胞活性装置を見せる。

トカゲのような生物の三角の目が驚きで曇った。

「それはなんだ？　パーミットのようなものか？　あるいは特別な地位をしめすイシャラか？」

アラスカはなにも答えなかった。武器商人の市場に着き、ベルトからおりる。プテルスはいばった足どりで追いかけ、正面玄関を通過したところで追いついた。

「きみはわたしに説明する義務がある」と、要求してきた。「名前は？」

アラスカの忍耐力が切れた。

「ライニシュに伝えるといい。シェーディがきみのようなシラミにたかられてひどく不快に思っていたと。さ、消えてくれ！」

アラスカはまた歩きつづけ、残されたプテルスが困惑しているのを見て満足した。これでやっかいばらいできたと思っていたが、武器コレクションを見たり、さまざまな銃についての情報チップを自室のハウス・シントロニクスのためにもらったりしていると、ジョン・ヴァル・ウグラドがふたたびうしろにあらわれた。

「ジョニー、どれだけはっきりいわないとわからないのだ?」アラスカは振り向かずにたずねた。

「不快な思いをさせたなら申しわけない、シェーディ」プテルスは謝った。「わたしはライニシュという男を知らないし、シラミとやらもわからない。ただ、わたしはカリュドンの狩りの相棒を探していて、きみをチェックしたかったのだ。わたしと組めば、得をするぞ。オルフェウス迷宮に関する秘密の情報をたくさん知っているのだから」

「すまなかった」アラスカは慇懃無礼にいった。「情報というのは、さっきの歴史番組を見て偶然に得たものではないだろうな、ジョニー?」

「あだ名はやめてほしい。ウグラドと呼んでくれ」プテルスは立腹した。「わたしはオルフェウス迷宮の地図と、あらゆる危険が記されたリストを持っているのだ。生きのこるためのトリックも知っている」

アラスカは嘆息した。いま眼前にいるのは、大勢のぺてん師に食い物にされた、ひどく愚直な狩人だとわかったのだ。どんなことでもして、このプテルスをやっかいばらいしたい。そのため、かれを連れてしずかな場所を探し、細胞活性装置をさししめして、こういった……この〝パーミット〟のおかげでわかったオルフェウス迷宮の秘密を教えよう、と。

「かつてオルフェウス迷宮は、受刑者コロニーにすぎないものだった」アラスカは共謀者のようにいった。「永遠の戦士ヤルンがそこに、かれのシステムに違反したあらゆる敵を追放したのだ。どの時代にも無数の敵がいた。そのため、オルフェウス迷宮は別次元の牢獄にほかならなかった。怪物はきみやわたしのような生物で、ただ超現実という条件に適合させられたのだ……しかも、狩人と同じ方法で。のちに、オルフェウス迷宮はネットウォーカーの罠としてまさにふさわしいと判明した。ゴリムがプシオン・エネルギーのフィールド・ラインを進むと、ハエのようにそこに絡まっていくからだ。しかし、オルフェウス迷宮に住まわせるネットウォーカーの数がすくなすぎて、カリュドンの狩りをすることはできなかった。だからこそ、ヤルンはいまでも好ましくない者たちを迷宮に送りこみ、怪物に変異させて、狩人が良心の呵責を感じることなく狩れるようにしている。これは名誉法典の重大な違反だ。しかし、ヤルンはかれの法典忠誠隊の大群などかんたんにやっつけるだろう……」

アラスカは、ウグラドがしだいにおちつきを失っているのに気づいた。かれにソトの能力、つまり戦闘モードをとる能力があったなら、怒れる戦闘マシンになっていただろう。アラスカはそれを見逃さなかったが、この機会をとことんまで利用したかったので、話をつづけた。

「カリュドンの狩りという言葉は、ソト＝ティグ・イアンではなく、かれの前任である反逆者のソト＝タル・ケルがいいだしたものだ。かれは戦士法典のあらゆる規則に違反し、真の意味でのデソトになった。ストーカーというまさに的確な名で呼ばれるかれが、この言葉を気にいってテラの神話から借用したのだが、ソト＝ティグ・イアンはまったく深くは関わっていない。

銀河系においてのカリュドンの狩りの意味を知りたいか、ウグラド？　では、聞け。テラ古代世界のアイトリアに、オイネウスという王がいた。収穫祭でオイネウスは女神アルテミスに感謝の供物《くもつ》を捧げるのを忘れた。女神は罰として危険な獣を送りこんだ。獣はカリュドンの野に大きな損害をあたえた。この獣狩り、すなわちカリュドンの狩りに、古代のもっとも有名な英雄たちが参加した。オイネウスの息子メレアグロス、メレアグロスの母アルタイアの兄弟であるプレクシッポスとトクセウス、ペイリトオス、アドメトス、イピクレス、イアソン、テラモン、女狩人アタランテ、双子のカストルとポリュデウケス、アパレウスの息子のイダスとリュンケウス、テセウス……」

「くだらない！」ウグラドは完全にわれを忘れていた。「きみはどうかしている！　頭がおかしい！」

アラスカは、膝の関節が高い位置にある長い脚でプテルスが走り去るのを見送り、安堵のため息をついた。かれが反対側に向かおうとしたとき、武器商人の一名が近よってきた。

アルロファー人で、六本の上肢で十数種類ほどの武器をたくみに空中に投げては受けとめている。芸術的な見世物をやめることなく、昆虫種族はたずねた。

「まったく不満ののこる議論でしたか？　どんな内容です？」

「カリュドンの狩りの装備についての話だ」と、アラスカ。

アルロファー人の複眼が光り、からだの鱗が逆立った。

「では、あなたは狩人なのですね」媚びるようにいう。「武器や周辺の道具に関しては、専門家に相談するのがいいですよ。まさにわたしの専門です。わたしはオルナコム。イシャラを見せてください。そうすれば、通常は永遠の戦士の武器保持者であるエルファード人しか見られないような武器コレクションをお見せします」

「またにするよ」アラスカはそっけなくいい、武器商人の横を通ろうとしたが、さえぎられたので、わきに押しのけた。アルロファー人はバランスを崩し、武器を操っていたリズムが乱れる。落ちる武器を受けとめようとするが、それもむなしく散らばっていく。かれは八肢すべてを床に突いて、母語で意味不明の罵声をアラスカに浴びせた。

スピーカーの声がエレニシュの終了を告げ、次の時間区分、すなわちヴェストにルランゴ・モジャの訪問者が楽しめる、さまざまな催しを数えあげた。

アラスカはなにも聞いていなかった。それよりも新入りたちに興味がある。そのなかにネットウォーカーの支持者の仲間が見つかるといいと思っていた。

公共の情報スタンドではなく、追加情報を呼びだせるホログラム・キャビンに向かう。こんどこそ努力が報われるだろうという漠然とした予感があった……そして、その感覚は間違っていなかった。

ルランゴ・モジャにはあらたに七百名の訪問者がきていて、資格を得たほぼ百五十名のさらなる準狩人が主ピラミッドに宿泊していた。

アラスカは名前のリストにざっと目を通しただけで、有資格者の映像は確認しなかった。あとから引きだすこともできるだろうが、とにかく知っている名前が見あたらなかったのだ。

絶対狩人の一団には九名がくわわっただけだった。最初の六名の名前が自身には無関係だったので、早々に断念しかける。

つづいて七番めの名前が、次の名前とともに立体文字となって光った。その名前を確認したとき、アラスカは感電したようになった。

ヴェト・レブリアン……そして、忠臣のスリスフィンクス。

勘違いではないことをたしかめるため、さらに多くの情報を呼びだすと、すぐに顔に黒い色素のある長身のムリロン人のホログラムと、スリマヴォの映像を受けとった。

ヴェト・レブリアンは永遠の戦士イジャルコルの高位高官であり、特権を有する者として紹介されていたが、オルフェウス迷宮からの脱出でこの高位を得たということは触れられていない。つまり、《ソムバス》で七年間イジャルコルに仕え、法典に忠実な行動によって特権を得たというだけのことだった。スリマヴォについては、ヴェトに選ばれて忠臣になったという情報と、ムリロン人の傍系で進化した種族の者という情報しかなかった。

両者の宿舎はピラミッドの内側領域だが、まだ準狩人でしかないアラスカはそこに入れない。しかし、映像通話システムで連絡をとることはむずかしくないだろう。

アラスカはすぐに出発した。ようやく行動できる。ライニシュから次のピリオドは自由時間だといわれていたので、ヴェトとスリとゆっくり話しあう時間があると思った。

ところが、プラットフォームの表面にたどりつき、公園を通ってピラミッドの高さまでななめにつながる搬送ベルトに向かおうとしたとき、ライニシュが各ハトゥアタニに用意したアームバンド装置が音をたてた。

悪態をつきながら、アラスカはスイッチを入れた。手首の上にホログラムがあらわれ、ライニシュの天使のような無毛の顔がうつしだされた。

「なんだ？」アラスカはたずねた。

「なぜそんなに不機嫌なのだ？」ライニシュが訊き返す。「楽しみをじゃましてしまったかな？」

「すくなくとも一、二ピリオドは休んでいいといったのでは？」と、アラスカ。

「ハトゥアタノの一員としての義務よりも余暇がだいじなら……ま、いいさ」ライニシュは本音に気づかれないように軽くいい、愛想のいい調子でつづけた。「ピラミッドの中心部、つまり門の付近の動きに興味があるかと思ったのだ。特別な権限がないと入れないところだが、まあいいとしよう。楽しんでくれ、シェーディ」

「そうあわてるな」と、アラスカ。「そういう遠足にはひどく興味があるのだ」

「本当は、腹をたてるべきところだが」ライニシュは悲しそうにいった。「わたしはきみに惚れているからな、シェーディ。自分の宿舎にもどってくれ。ヴェストのなかほどで迎えがくる」

ライニシュはアラスカの返答を待たずに、接続を切った。

アラスカは急いで自分の宿舎にもどった。映像通話装置が盗聴されたり、ライニシュが部屋を監視させていたりすることを恐れ、直接ヴェトとスリに連絡をとることはしない。しかし、すくなくともなにかサインを送りたいと思った。

すこし考えたすえ、講演の開催を決断した。ルランゴ・モジャにいる者にはだれでも、自分をアピールする機会があたえられる。格闘技を実演したり、自分の生活について報告したり、エスタルトゥや永遠の戦士たちに敬意を表したり、自分の哲学的な考察を発表するなど、あらゆるテーマをあつかえる。ただし、このような催しはアルダートの時間にしかできず、事前の告知が必要という制約があった。

アラスカは、ハウス・シントロニクスから必要な申しこみをおこない、次のピリオドの予定を知った。どのようなテーマをとりあげたいかという質問には、〝エスタルトゥ、エトゥスタル……その他もろもろ〟と答えた。これでひととおりかたづいた。翌日のアルダートの最初の三分の一に〝二二・オー・二二〇三〟という位置情報を割りあててもらったが、なんのことだかさっぱりわからない。しかし、方位探知を補助する手段はたくさんある。

講演の情報は大勢にひろがり、かれと話したいという者にもこの話が伝わるだろう。こうしてヴェトとスリは、無難な方法でかれと接触する機会を得るわけだ。

アラスカが用事をすませるとすぐに、シジョル・カラエスとアグルエル・エジスキーが門エリアを訪問するために迎えにきた。これにはいくらか驚いた。ライニシュの選択は、かれがアラスカよりも出自不明のヒューマノイド二名を信頼していることをしめしていたからだ。

4

シジョル・カラエスとアグルエル・エジスキーは、エクリットでライニシュにかれを紹介したさいにはじめて出会ったときと同じように、アラスカを中央にした。絶対狩人の居住区の入口では、アルロファー人四名の護衛隊に出迎えられ、門エリアを守るエネルギー・バリアまで送られた。

カラエスは問題なくバリアを通過できた。つづいてアラスカの番になった。エネルギー・バリアに接触したとたん、警報が作動した。すぐに拘束フィールドがアラスカをつつみ、からだの自由を奪う。もちろんかれは保安システムが作動した理由を知っていた。似たようなことを想定していたのだ。スポットライトが点灯し、グリーンの円錐形の光がアラスカの胸に向かい、細胞活性装置がネット・コンビネーションをかすかに膨《ふく》らませているところでとまった。

「これはなんだ？」わずかにアルロファー語のなまりのある声がスピーカーから響く。

「護符だ」アラスカは答え、説明をつけくわえた。「わたしの遺伝子コードに合わせて五次元振動を発するプシオン性のマイクロプロセッサーだ。この振動で、精神的・肉体的な健康がたもたれる。周囲には影響はまったくない。分析結果からわかるだろう」

「分析は不可能だ」スピーカーの声がいう。「護符を置いていかなければ、門の施設は立ち入り禁止とする」

「護符をどこにでも持ち歩かなければならないと考えるほど迷信深くはない」アラスカは長く考えずにいった。「のこしていく」

拘束フィールドが解除され、アラスカはチェーンについた細胞活性装置をはずして誘導ビームにまかせた。ようやく、通過を許された。この件でかれが動揺することはない。外見と同じく、内面もおだやかだった。

以前にも似たような状況におちいったことがある。そのときは冷や汗をかきながら、細胞活性装置で正体が露見するのではないかと恐れたのだが。

それは数週間前、デメテル＝ジェニファー・ハイブリッドの引きわたしが、ハトゥアタノの本拠地タロズでおこなわれたときのことだった。ネットウォーカーの敵であるこの組織の指導者五名のなかに、ファラガというナックがいる。ナックは卓越したプシ感覚を持つことで有名な種族だ。

ファラガはすぐにアラスカの細胞活性装置に気づき、よく見せてほしいとたのんできた。それは、アラスカが自身の命の終わりを覚悟した瞬間だった。しかし、卵形の細胞活性装置をどれだけ調べても、ナックはその秘密を知ることができず、なにもいわずにアラスカに返したのだった。

この試練のあと、アラスカはこの細胞活性装置がどんな検査にも耐えられると確信し、必死に身につけつづける必要はないと思った。ただし、六十二時間以内にとりもどさなければならない。門エリアでの滞在は、それほど時間はかからないだろう。

アルロファー人四名は通廊を通って反重力リフトへかれらを案内し、かれらは上昇した。このようにして百メートルの距離を移動し、本来の門エリアに到着した。

アラスカはまたすぐに紋章の門を思いだした。使ったことはないが、図面や報告書、たくさんの映像資料で知っている。

迷宮門は一辺の長さが十メートルの正方形の台で構成されていた。これは紋章の門の転送機の一部にあたる。その上には転送プラットフォームと同じ大きさの、門マスターと場合によってはその補佐役の門管理者のための制御ステーションをそなえたキャビンが吊りさげられている。台のはしから五メートルのところまで連絡トンネルが四本あり、その淵の上に輸送ビーム・フィールドの橋がかかっている。

アラスカはトンネルのはしに足を踏み入れ、闇につつまれた底なしの淵のような淵を見おろした。

「大丈夫だ、落ちたりはしないから、シェーディ」背後からライニシュの声が聞こえてきた。「事故を防ぐためのエネルギー・フィールドの綿密なシステムがある。大勢の追放者が運命から逃れようと淵に身を投じた。しかし、それでは戦士ヤルンの裁きから逃れるのに、あまりにもかんたんすぎるのではないだろうか、サンパム？」

　アラスカが振り向くと、ライニシュはアルロファー人を一名連れていた。三つに分かれたからだに、銀色に輝く華麗な制服を着用している。

「あなたはわれわれの文明の柱である伝説の墓守のひとりだ」アルロファー人は無愛想に応えた。「われわれの信仰の基礎を揺るがす権利があるのだろうか」

「信仰は偉大なる大衆のためのもの」と、ライニシュ。「しかし、真実は権力をにぎる上層部の者の原動力だ。わがハトゥアタニたちはそのクラスに属している。かれらはきみと同等の存在だ……」かれはアラスカ、カラエス、エジスキーに目を向けると、アルロファー人を腕でさししめしていった。「こちらはサンパム。ヤグザンの迷宮門の責任者だ。気づいただろうが、かれは非常に保守的で、わたしが真実を語ってまわっていると信じている。さらに、かれの上に門マスターでナックのアルドルインがいて、クモのように巣で犠牲者を待ちかまえている」かれは上のキャビンをさししめした。下から五メートルのところに、高さ三メートルの黒い色調のパノラマ展望窓がある。ライニシュはまたアルロファー人に向きなおった。「門マスターに仕事させようか、サンパム？」

昆虫生物はなにもいわずにわきを向き、手首の装置を作動させた。サンパムが指示を出しているあいだに、ライニシュはハトゥアタニたちにいった。

「一生ものの光景を見ることになるぞ。すこし待てば……しかし、忘れないうちにわたしたいものがある」

無造作にポケットに手を入れ、直径四センチメートルで色の違うメダルを三枚とりだし、ハトゥアタニたちになにげなくさしだす。アラスカはくすんだ黄土色、カラエスとエジスキーは赤いものをとった。

「迷信だと思っているな、シェーディ？」ライニシュがいう。

「心底から」アラスカは微笑した。「これはトシンの印を思いださせる」

ライニシュは笑ったが、身元未確認のヒューマノイド二名はいらだっていた。

連絡トンネルに突然、虫のような姿をした者があらわれた。はじめはアルロファー人だとアラスカは思ったが、近づいてくると、ライニシュの傭兵チームの一員であるメルソネのサルサビーだとわかった。手足をはげしくひくつかせながら、すぐそばまでやってきた。口の器官がはげしくこすりあわされて、きしむような音をたてている。

「おちつくのだ、ビー」ライニシュはハトゥアタニに向かっていった。

「すまない、呼び出しがあったのに到着が遅くなってしまって」メルソネは頭を地面にこすりつけんばかりにお辞儀して謝る。

「ちょうどまにあった」と、ライニシュ。「これからオルフェウス迷宮へ出発する。先導をたのむ、戦友よ」

「本当に丸腰でオルフェウス迷宮に入るのか？」サルサビーはいぶかしんでいるようだ。

「必要なものは途中で入手できる」

サルサビーは急に疑うような表情になった。ライニシュからアラスカ、カラエス、エジスキーに視線をうつし……さらに疑念を深める。しかし、言葉を発しようとする前に、サンパムが入ってきた。

「スタート準備がととのった」

「すばらしい！」ライニシュは手をこすりあわせて声をあげた。身長二メートル半のメルソネのくびれた腰に手をかけ、トンネルのはしまで連れていく。「きみにはチームの名誉席がふさわしい、ビー」

ほかのトンネル開口部三つにも人影があらわれた。かれらはためらいながらトンネルの先へと進んでいったが、後続の者たちに背中を押されるかたちになる。一瞬、渋滞が発生して騒然としたあと、先頭の者たちが転送プラットフォームに送りこまれた。

「カリュドンの狩人の入場だ」ライニシュは皮肉な調子をかろうじておさえながら告げた。「見るがいい、ありとあらゆるエスタルトゥ諸種族の、もっとも勇敢な代表者たちを。恐れ知らずで、大胆に未知の冒険に飛びこんでいく」

「しかし……」サルサビーは理解しがたいようで明らかに口ごもる。「なかにはトシンもいるぞ。赤い印でははっきりとわかる」

「トシン？」ライニシュはこの残酷なゲームを極端に押し進めようと、とぼける。「トシンの印など見あたらないぞ。イシャラをつけた狩人がいるだけだ。知っているだろう、ビー。狩人と獲物を区別するインパルス発信機のことだ」

「惑わされるな、ビー！」アラスカが大声でいう。「あれは全員、生《い》け贄《にえ》だ。きみもその一名ということ」

「なんだって？」サルサビーはぎくりとした。

この件にかくされた真実を理解できないでいるうちに、かれはライニシュにうしろからひと突きされ、プラットフォームにつづくエネルギー・レーンに乗せられた。メルソネは必死に逆向きに動こうとするが、エネルギー・ビームの牽引力には勝てない。

「シェーディのいうとおりだ」ライニシュがうしろから声をかけた。「オルフェウス迷宮には新しい血が必要だ。結局、経験のすくない狩人が、獲物のところにたどりつくべきだしな」

「どうして？」サルサビーは絶望した。「どうしてよりによってわたしを追いはなつのだ？　どうして……シェーディではなく？」

「迷宮で出会えたら、答えを教えてやってもいいぞ」ライニシュは嘲笑した。

最後の追放者が重装備のアルロファー人によってトンネルから押しだされた。プラットフォームにはさまざまな種族の生物が百名ほどひしめきあっている。わずかな者だけが、ほとんどストイックなまでにしずかに自分の運命を受け入れていた……そうしている者たちは、おそらくオルフェウス迷宮で自分の身になにが降りかかるか知らないのだろう。一方、ほかの者たちはこれから起きることをしだいに理解したようで、なんとか逃げだそうと必死にプラットフォームのはしに向かっている。

はげしい動きのなかから、サルサビーが姿をあらわした。まわりの者を容赦なく倒し、ライニシュの目にとまろうとする。かれははげしくわめき、懇願し、パニックになっている。

「あわれな光景だ」ライニシュは不快そうにいった。「門マスターに終止符を打たせよう」

まるでナックがそれを聞いていたかのように、キャビンがもっとも背の高い追放者の頭の高さまでさがってきた。プラットフォームのまわりにゆらめくエネルギー・フィールドが発生し、動きをとめ、閃光を発する。こうして最大に負荷がかかっているあいだ、キャビンの展望窓が透明になり、装置に向かっている一名のナックが見えた。手足までおおう黄土色の装甲から、黒い肌の醜い頭の先がまっすぐ突きでている。プシ触角がぴんと上に伸びる一方、無脊椎《むせきつい》動物の十数本の細い把握器官が装置の上で敏捷に動く。転送フィールドが消えると、キャビンの展望窓がふたたび暗くなった。

転送プラットフォーム上にいた者は全員、消えていた。

「わたしがあのときイシャラをきみにわたしていなければ、シェーディ」ライニシュはアラスカに向かっていった。「きみの立場はビーと逆だっただろう。それでも、きみを選んでよかったのだという希望をわたしは捨てないがね」

アラスカはいくらでもうまく返事ができただろうが、それは心にしまっておいた。不必要にライニシュを刺激したくない。状況の変化をつねに確認しておかなくてはならない。問題は侏儒のガヴロン人と競うことではなく、友をオルフェウス迷宮から解放することなのだから。

「最善をつくそう」アラスカは、自分がライニシュに従順になると誤解されないような声の調子で応えた。

「ふてくされることはない、シェーディ」ライニシュは親しみをこめていい、アラスカと腕を組んでトンネルをおりていった。「かつて、わたしがこの迷宮門で働いていた話をしたことがあったかな? 当時、サンパムはまだ責任者ではなく、アルロファー人も優遇されてはいなかった。平等の精神があった。追放者の送り出しを管理するのがわたしの任務だった。わたしはかれらに関するすべての資料をあたえられ、狩る価値があると思う者を選び、カリュドンの狩りのためにとりおいた。しかし、これを利用してわたしが楽をしたとは思わないでくれ。反対に、自分にはいちばんつらい仕事を選んだのだ。

それはわたしにとって本当の挑戦となった。弱い者がわたしの死亡者リストに入っていれば、それは勝利とはいえなかっただろう。いや、わたしは本当にもっとも強い者だけを生け贄に選んだ。全員、しとめられた……今回われわれが狩りの対象にしているふたりをのぞいて。ロワ・ダントンとロナルド・テケナー！　かれらはただのゴリムで、きみと同じように、銀河系からわれわれのところに漂着したヴィーロ宙航士だ。しかし、かれらはきわめて抜け目がなかった。迷宮怪物の姿では、それに拍車がかかる。これまであのふたりを殺そうとしても叶《かな》わなかったことがすべてを物語っている。こんどこそ、かれらは……おや、どうやら壁に向かって話しているようだ。わたしの話についてこられているか、シェーディ？」

「自分がそうした話を何度もくりかえしていることを忘れないでくれ」と、アラスカ。「で、どういう結論にたどりつくのだ？」

ライニシュは、アラスカにかけていたパーミットの腕をはなし、宙に文字を書いた。

「われわれの計画の危険性を指摘したかっただけだ。ビーはおそらく狩人の犠牲となるが、狩人になるきみよりもいいのかもしれない」そこで間をとり、心配そうにつけくわえた。「きみは、メルソネのビーに同情していた。しかし、自分の同胞ふたりに直面したら、いったいどうなるだろうか」

「ま、あせらないでくれ」

＊

サンパムの司令スタンドはピラミッドの最上部にあり、それ自体もピラミッドのかたちで一辺が三十メートルあった。三角形の傾斜した壁は一面おきにホログラム・プロジェクションのスクリーンになっている。八角形の機器コンソールのそばで、アルロファー人五十名が二段になってすわっている。ルランゴ・モジャの責任者は訪問者四名とともに主ホールの中央で、ホログラムのヤグザンの模型のまわりにすわっていた。そこでは迷宮門三つの位置も確認できた。サンパムは、惑星の各部分を拡大したり、部分的に分割したりできると説明した。

ライニシュはただ軽蔑するような微笑を浮かべるだけだ。

サンパムは気にすることなくつづける。

「狩人たちが……もちろん追放者たちもだが……ひとつの門からべつの門へ行き、迷宮へ送りだされるのを、ここからたどることができる。惑星の変化を観察すれば、迷宮の光景の組み換えを逆から推理できるだろう。現実の条件の変化はすべて現実傾斜に打撃をあたえ、並行宇宙内にその対応物があるので。

迷宮への制御された送り出しが観察できるのとまさに同じように、なにかがプシオン性の落とし穴に捕らえられたときも、われわれにはそれがわかる。たとえばゴリムが網にかかったような場合だ」

「そういうことはどのくらい起きたのだ？」アラスカが問いかける。

サンパムは複眼を光らせてかれを見すえた。

「ヤグザン門が誕生してから何度起きたのか報告はなく、わたしの任期中は残念ながらまだ一度もない」

「ここから迷宮のなかまで狩人を追うことは、いまなおできないのか？」ライニシュがたずねる。「わたしの時代にもすでに、オルフェウス迷宮のための監視所を設立しようという動きが進行していたのをおぼえているが」

「その見こみはけっしてないだろう」サンパムはいった。「迷宮での出来ごとを監視するのはよくない。それはいずれ操作することにつながり、そうなるとカリュドンの狩りの魅力のほとんどが失われてしまうからだ」

「そうした監視と影響力の行使が成功した迷宮を知っているが」ライニシュが口をはさんだ。

「われわれ、ヤグザンではそのことは考えず、この最後の神秘を守りたいのだ」サンパムは応えた。明らかにこの話題は不快なようだ。「カリュドンの狩りの出口が不明確なほうが特別なスリルが生まれる。しかし、空論をくりひろげるのはやめて、実際の出来ごとを見たほうがいいだろう」

かれらの目の前にあるホログラムの模型は、三つの門すべての光景をうつしていた。平面図では一辺の長さが一万キロメートルの三角形をつくりだしているが、横から見ると、それぞれが高さの違う場所にあることがよくわかる。ルランゴ・モジャは地表から三万キロメートル、ルランゴ・ビリは二万キロメートル、ルランゴ・タトゥはわずか十キロメートルの高度に浮遊している。もちろん、第二、第三の門は規模がちいさめだった。大勢の来訪者を受け入れることになることを想定しておらず、常駐する者もすくなかったためだ。それらは一辺の長さが二百メートルの八角錐ピラミッドだった。

シントロニクスが流暢《りゅうちょう》なソタルク語で報告する。

「変異の第一段階が完了しました。ルランゴ・ビリに到達します」

壁面のスクリーンが光り、第二の門の内部をさまざまな角度からうつしだした。模型のルランゴ・ビリが透きとおった物体になり、内側のようすが見られるようになる。ほとんどの部屋は技術的な設備で占められていた。中央には転送装置があり、ルランゴ・モジャの門の小型版といってよかった。ただし、連絡トンネルはない。

模型のなかで受け入れ用転送機が点滅しはじめ、一瞬ひらめくと、プラットフォーム上にミニチュア化された数十名の姿が見えるようになった。

「光学映像で探知したほうがいい」サンパムはいい、自身も壁の四枚の大型スクリーンのほうを向いた。

そこには先ほどルランゴ・モジャから送りだされた追放者たちが、いくらか小型の転送プラットフォームでひしめきあっているのが見えた。奥には、張りだしたピラミッドの壁に沿った細い道に、武装したアルロファー人の姿があちこちに見える。無骨な装甲をつけていて動きづらそうだ。

百名ほどの追放者が、内側から光っているような不思議な光のなかにあらわれた。しかし、よく見ると、こうして見える光はべつの事情から発生しているとわかった。かれらのからだは半透明だった。医療で透視したときのように体内組織が見えるのではなく、からだの向こう側が見えるのだ。さらに、かれらのからだが重なっているわけではなく、たがいのなかにずれこんでいる部分もあるのがわかった。

「異質な世界への最初の適応がおこなわれたのだ」サンパムが説明した。「異次元のための身体的調整といってもいい。第二段階は精神的なプシオン調整で、ルランゴ・タトゥへの移動によって生じる。この段階的な変異は絶対に必要だ。そうしないと、すくなくとも知性体の場合はストレンジネス・ショックが起きるかもしれない。これは不可逆的な狂気と同じような意味だ。つまり、オルフェウス迷宮は異次元の一部であるため、われわれの世界とは異なるストレンジネス値を持つということ。それが、われわれの現実とこの超現実の唯一の違いだ」

「第二段階の変異が開始されました」シントロニクスが報告する。「ルランゴ・タトゥが出口に設定され、送り出しがおこなわれます」

転送プラットフォーム上の半透明の生物百名がエネルギー・カーテンの下に消え、このカーテンが消えると同時に、プラットフォームの上にはだれもいなくなった。

映像が切り替わった。せまい転送プラットフォームのかわりに、ぼんやりとした面が見えてきて、光の柱だけがはっきりした物体として浮きあがった。業務員のアルロファー人たちも無骨な装備で背景に鮮明にうつっている。

このぼやけた面に、数名の生物が、明らかに虚無からあらわれた。またさらに透明になっているようだが、まだ輪郭はのこっている。

しかし、自分の位置を確認できずにいるのは明らかだった。動きが不安定で、障害物にぶつかったようにたじろぎ、目にはまったく見えないなんらかの障壁に沿って道を探っている。

息苦しさをおぼえる光景だ……アラスカはメルソネを探し、見つけた。サルサビーでしかないと思われる幽霊のような姿が、光の柱の一本に向かうのを見守る。かれと苦難をともにする仲間三名が、すでに柱にしがみついていた。溺れる者が救命浮き輪にしがみつくように、また、どこにもたどりつけない漂流者が自分たちの世界の数すくない基準点を見つけたかのように。かれらは蛾のように光に引きつけられ、安全な場所を見つけたと明らかに信じたようだが、最終的には光で焼かれる蛾と同じ運命をたどる……

司令本部は、うるさくはないが騒然とした、おさえた声であふれていた。それは、この幻想的で不気味な変異の光景にふさわしい背景音だった。

「さ、オルフェウス迷宮へ出発だ！」サンパムは命じた。

この瞬間、幽霊のような姿をした者たちは、まだ空間の上のあちこちにある光の柱にブドウのようにぶらさがっていたが……次の瞬間、光が消えてかれらも消えた。

空間が明るくなった。霧がかかったようにぼやけていた床が、鏡のようになめらかな面になった。奥でアルロファー人たちが装備を解いている……

「転送スタート。変異進行中……変異完了！」シントロニクスが短い間隔で報告した。

「オルフェウス迷宮をまったく見られないわけではない」サンパムが説明する。「われわれ、超現実をのぞくちいさな窓をつくりあげた。これはちょっとしたこつで見られるようになる。つまり、オルフェウス迷宮が埋めこまれているプシオン・フィールドを可視化するのだ」

サンパムはヤグザンがしめされている模型をさししめした。しかし、この巨大な惑星は、見た目がHÜバリアに似たグリーンのエネルギー・バリアにつつまれているようだ。いま、ヤグザンが大きくなり、猛烈なスピードで膨張し、プロジェクション・キューブの境界を突き破る。見ている者たちは、このグリーンのフィールドに向かって突進し、なかにもぐりこんだような気がした。ピラミッド形の一物体があらわれ……サンパムはそれをルランゴ・タトゥと呼んだ……ふたたびスクリーンから消えた。

そして突然、閉じたフィールドに見えるものが、密に編まれたネットに溶けこんだ。アラスカは、絡みあった糸の一本に集中し、心のなかで追いかけようとして……とうと う目眩がしはじめた。

そこでアラスカは現実に引きもどされた。プロジェクションが停止し、映像がとまって……爆発したからだ。

「警報！　警報！」シントロニクスが報告する。「オルフェウス迷宮に未知の者がひとり侵入しました」

「そんなことがありうるのか？」サンパムは啞然とした。「わたしが任務についてから、このようなことは一度もなかった。いったい、どんな意味があるのだ？」

「それがわかるくらいなら、ことの前兆を正しく読めていただろう」ライニシュが皮肉をこめていう。「明らかに、プシオン・ネットを使って移動していただれかが、ヤグザンのオルフェウス迷宮に引っかかったのだ」

「本当か？」サンパムは、どうやらこれまで実例のない事態になったということが信じられないようだ。門マスターのアルドルインが通信してきて、ライニシュの言葉を裏づけた。

「オルフェウス迷宮に向かっていたネットウォーカーひとりを捕らえた」

「なんと充実したカリュドンの狩りであることか！」ライニシュは興奮した。「サンパム、全資料を手に入れるのだ。この異星の獲物をしとめてみたい！」

アラスカは内心、動揺していて、冷淡なふりをつづけるのに大きな労力を要した。しかし、考えるほどにおちついてきた。

これまでヤグザンがネットウォーカーにとって深刻な危機をもたらしたことはなかった。この迷宮は重要な情報ノードにあるのではなく、プシオン・ネットのすべての連絡ルートからもはなれている。だから、これまでこのオルフェウス迷宮に迷いこんだネットウォーカーはいなかったのだ。

よりによってこのタイミングで、それがはじめて一ネットウォーカーに意図せずに起きたとしたら、偶然にしては出来すぎだ。

アラスカは、このネットウォーカーが意図的に捕まるようにしたという結論にたどりついた。そうにちがいない。それがはっきりしてからは、このネットウォーカーの正体については考えるまでもなかった。

ペリー・ローダンなら、息子の救出作戦に参加するチャンスを逃さないだろう。かれにとってオルフェウス迷宮に到達するのはかんたんだ。問題はただ、どのように脱出するかということ。

しかし、アラスカがいだいた心配はそれだけで、いまはオルフェウス迷宮でもうすぐペリーに会えるというよろこびのほうがずっと大きかった。友は、このような冒険に盲目的に飛びこむような無分別な男ではない。

アラスカは、今後の展開を手に汗を握るような思いで待ちこがれた。

5

いったいどんなところに入りこんでしまったのか！

かつてアッカルがまだボセムだったころ、かれの原動力はふたつしかなかった。第一に食べ物への執着、第二に、食べ物を探す者の餌食に自分がなることへの恐怖。食うか食われるか、生きるためのこの素朴な定めだけで充分だった。

しかし、いま悪魔のような運命によって、エジブリーのからだをあたえられた。これは基本的にはまったく問題はなかっただろう。ただ悪かったのは、このハルというエジブリーが弱者集団の一員ということだった。

それは最下層の住民十三名でつくる組織で、いくつかの奇妙な生存ルールを守っていた。

「血肉からなる生物はけっして引き裂いてはならない。どんなかたちをしていても、どんなに恐ろしくても、あるいは無力に見えてもだ。われわれは他者の肉を食わない！」

すがすがしいほどのおろかさだ。アッカルはこれまでそのようなおろかな話を聞いたことがなかった。一団の仲間を順に見て、すでに頭のなかで引き裂く順番を決めていた。全員、みすぼらしい塵食らいだ。肉を放棄し、この世界の自然が生みだすものだけをがまんして食べると決めている。

それをかれらはおごそかに誓っていた。

これは自分たちで考えだしたのか？ アッカルは疑問に思った。この世界のほんものの果実を楽しむよりも、頭がおかしくなるほどの飢えの苦しみを好むという異常な哲学は、だれの脳から生まれたのだろうか？

「このルールを守っていなかったら、われわれ、とっくに絶滅していただろう」

アッカルはどうしてこのようなくだらないルールが定められたのか知らなかったが、あるセプラローンによるものとされていることはわかった。その者は〝特別な光〟を帯びていて、迷宮で宣教活動をしてまわっているらしい。

「最終的な目標は、この地下世界の全住民が団結して、ともに異世界からやってくる狩人との戦いにのぞむことだ」

こうした言葉がほかにもあった。グループの二名が、いわゆる〝肉食らい〟の散発的な集団に捕まったという事実があっても、そのような世間ばなれした考え方は揺るがなかった。アッカルはかれらの一名を獲物として手に入れ、その行為を肉食らいたちのせいにしようと考えていたのだが、残念ながら機会を逃してしまった。

それでもアッカルがこの異端者たちといっしょにいるのはただ、かれらが有益な生存ルールをいくつか持っているからだ。こうしてかれは、圧倒的に強い狩人から身を守る方法や、肉食らいの盗賊に偽の手がかりをあたえる技などを学んだ。

肉食らいを塵食らいに改心させる方法についての話は、かれはあまり重要ではないと考えている。

アッカルの空腹はますますひどくなっていた。これ以上耐えられなくなり、すでに二度、一団の仲間を倒す寸前までいたっていた。かれらはみな、アッカルやこの世界のすべての生物と同じで、しょせん動物に毛の生えたような存在にすぎないのだ。考えるのはいい。生きのびる可能性が高まる。だが、考えすぎると軟弱になる。

ただ、ある助言について、アッカルはとくに異端者たちに感謝していた。かれらは、狩人たちが迷宮に入ってくる門の位置を知っていたのだ。さらに、狩人たちがこの門から出るときが、もっとも弱いときだということも知っていた。

この知識は、アッカルの心に深く刻まれた。新入りは格好の獲物ということ。

それからというもの、アッカルは門エリアで多くの時間をすごし、目で見るよりも感覚で感じとった。迷宮世界の光景はつねに変化していて、とくに門の近くにとどまるのはむずかしい。しかし、異端者たちはここでも助言をくれた。門の位置を知るには、特定の音に気をつける必要があると、アッカルは学んだ。かれらはこれを〝プシクの歌〟

と呼んでいた。プシクというのは、プシオン情報量子のことだ。

空腹と禁断症状にさいなまれながら、門エリアを探してそこにとどまり、やがてあらわれると考えられる獲物を待つには、かなりの忍耐力がもとめられた。

しかし、それでも最終的にはアッカル＝ハルにとっては報われるものとなった。

突然、幽霊の大集団が迷宮光景のなかを逃げまわり、特徴的な音が聞こえたところで消えたのだ。それから時をへずして、ゆうに百を超える迷宮住民の大群が目に見えない門から出てきた。

アッカルはもう自分をとめられなかった。弱そうなスレイヤを目でとらえ、突進していく。スレイヤはほとんど抵抗することもなかった。命の火が消えたときも、きっとなにが起こったのかさえわからなかっただろう。

アッカルは獲物とともに、異端者たちに発見されることのない安全なかくれ場に引きさがった。いまや、迷宮世界はなんの問題もないと思っていた。

＊

ヴァーランドは大気のない惑星で、無数のクレーターや巨大な環状山脈でおおわれ、地球の月を大きくしたようだ。宇宙船がここに迷いこみ、荒涼とした天体を精密に調査する可能性はきわめて低い。それでもネットウォーカーの拠点は、すぐには目につかないようにカムフラージュされていた。

ヴァーランド・ステーションは、いわゆるゴリム基地の標準的な大きさとかたちをしていて、長さ百五十メートルで、おや指のない四本指の手にすこし似ていた。基地の位置は恣意的に決められるのではない。その赤道上にネットトのノードがあったからこそ、ここに建造されたのだ。このことは、ネットウォーカー全員が、個体ジャンプでヴァーランド・ステーションに到達できることを保証する。

熟練した目には、プシオン・ネットの出入口であるプシオン性の交点は、半球形の淡い光をはなっているように見える。それは〝てのひら〟から見ると、左にある指のいちばんはしに位置している。

イルミナ・コチストワは、円錐形の《アスクレピオス》を、基地の上にある岩の隆起のすぐそばに着陸させた。

彼女が到着してすぐにローダンは、固定型シントロニクスに最新の状況を確認した。ネットウォーカーのすべての拠点が絶え間なくデータを交換しているので、この辺境の地でも最新情報を得られる。しかし、ほとんど予想どおり、〝ヤグザン作戦〟についてのニュースはない。レジナルド・ブルは、スリマヴォとヴェト・レブリアンがすでに《ラヴリー・アンド・ブルー》でヘルドル星系にスタートしたと報告しただけだった。

一方、すべてがかかっているアラスカ・シェーデレーアは、いまだに消息がわからず、テスタレも七週間以上前に最終報告をしてから行方不明になっている。

「アラスカがぶじであることを祈るばかりだ」ローダンは暗い声でいった。

「カリュドンの狩りに参加すると約束したなら、かれはかならず参加するでしょう」イルミナ・コチストワがなだめる。「方法があったのなら、また報告してきていたはず」

「そこが心配なのだ」と、ローダン。「かれはライニシュという者とひどく危険なゲームに乗りだしている。自分の力を過信していないといいのだが」

「ロワたちのことが心配なのね」イルミナは心得ているようにいった。「でも、きっと大丈夫ですよ」

　ローダンはまた微笑をとりもどした。

「迷宮ダイヴァーが機能をはたせるのならいいが！　時間をむだにしたくない、テストもしたい」

　迷宮ダイヴァーは箱型の装置で、サイズは長さ七十センチメートル、厚さ二十センチメートル、幅四十センチメートル、肩に筋交《すじか》いにかけられる。美しさをもとめてつくられたのではなく、飾り気もなく、目的だけのためにつくられた、まさに試作品だった。

「はりつけにされたような気分だ」迷宮ダイヴァーを装着したローダンはいった。「なぜジェフリーはこれを縦に背負えるかたちにしなかったのだろうか？」

「大量生産に入る前に改善点を伝えるといいですよ」イルミナはいい、心配性の母親のように迷宮ダイヴァーの位置を確認し、ローダンの肩をたたいた。「行ってらっしゃい！」

「すぐにもどってくる」ローダンは約束した。「これはただのテストだ。ちょっと迷宮に入って、どれだけかんたんにもどれるか確認するだけ……そもそも、もどれるかどうかだが」

「もどれないようなら、友を長く待つ必要はありませんね」イルミナは冗談をいった。

ローダンは軽く手を振ると、ステーションのいちばん奥にあるプシオン交点に向かった。ネットウォーカーの目にしか見えない半球形のフィールドにたどりつき、迷うことなくなかに入る。とはいえ、結局それは決定的な一歩ではない。まだ考えを変えることは可能で、ヤグザンのプシオン性の罠のシステムを回避できる。しかし、それはあくまでも仮定の可能性で、実際には考慮に入れていない。

物質的な環境が消え、なじみのあるプシオン・ネットの世界に入っていた。グリーンに見える優先路を使い、目的地の近くまですべるように進んでいく。交差点でべつのルートにうつるには、一度そう思考すればいい。目的地に最短ルートで行くのも同じで、その目的地が測定されたプシ・ネット内にあり、また〝マップ〟にふくまれていれば、やはり思考するだけだ。

個体ジャンプすなわちネットウォークとは、そもそも、ある場所からべつの場所へゼロ時間で到達できることを意味する絶対移動と同一視される。すくなくとも標準宇宙では距離に関係なく、ある場所からべつの場所に移動するあいだ、測定可能な時間は経過しない。

ただし、プシオン・フィールド・ラインに沿って移動する者にとっては、ある場所で非実体化し、すぐにまたべつの地点で再実体化するテレポーテーションのようには感じられない。ネットウォーカーたちは、空間と時間をへて移動しているような印象を持つ。プシクと呼ばれる最小単位の粒子に変換されても、肉体の感覚をたもち、動きを感じ、時間の要素も自分に有効に働いていると思えるからだ。自分は固有時間のなかにいると感じている。その時間を、標準宇宙においてゼロ時間でこの距離をこえたという事実は変えることなく、きわめて意識的に体験して、好きなように伸び縮みさせられると。

ローダンは、かすかなプシオン・ネットに沿ってすべるように進みながら、まずアラスカの宇宙船《タルサモン》によったほうがいいかどうか考えた。位置はわかっている。テスタレがかくしていたわけではないからだ。《タルサモン》がべつの銀河、つまりシオム・ソムの凪ゾーンのはしに係留されていても、ネットウォーカーには距離は関係ないので問題ない。

それでも、この思いつきはすぐに却下した。個人的な領域に入りこまれたら、アラスカが敏感な反応を見せるだろうとわかっていたからだ。アラスカは口にはしないが、自分のなかでまだ克服できていないものをかかえている。話さないからこそ、心に引っかかっているということはないだろうか？

ローダンは、異なる方向に複数の優先路が向かうノードに着いた。しかし奇妙なことに、その一本が定義できないプシオン物体に向かっている。どんな現象なのかはわからないが、情報は把握していた。

その現象がつくったプシオン・フィールド・ラインのゆがみの目的はただひとつ、見る者……いずれにしてもネットウォーカーだが……に好奇心をいだかせることだ。それは特殊なエネルギー・フィールドが原因で優先路に生じた〝結び目〟で、はなれていれば影響はない。しかし、そのような結び目に接近しすぎると、引きよせられてしまうと同時に、通常空間に設置された転送機が作動する。その転送機はプシオン・ベースで動き、オルフェウス迷宮にある門のひとつに対応している。この方法で捕らえられたネットウォーカーは、転送機によって変異させられ、近くにあるオルフェウス迷宮に送りだされるのだ。

これはヤグザンの罠だが、かれらはこうした罠の多くには早い段階で気づいていて、回避できるものもあった。しかし、なかには巧妙にカムフラージュされ、熟練のネットウォーカーでもなかなか気づけないものもある。あらゆる対策を施しても逃れられないような罠もあるだろう。

ローダンは危険をわかったうえで、そこに向かって進みつづけた。かれは捕まるつもりだったのだ。迷宮ダイヴァーは、その能力を発揮してくれるだろう。

プシオン・ネットの奇妙な結び目が、すでにはっきりと見えてきているが、安全な距離をとっているので無害に見える。しかし、突然、ローダンは不可解なエネルギーに引きよせられるのを感じた。ためしてみたが、その引力に抵抗しきれないのがわかった。

突然、混沌としたネット索のただなかにいた。どちらを向いても脱出口が見あたらない。

次の瞬間、ローダンは自分の身が変化するのを感じた。それは通常空間に設置された転送機が作動した瞬間にちがいない。ネットウォークのあいだにプシク、つまりプシオン情報量子の一群になっていたローダンは、驚くべき速度で再構築された。この進行中、ただ受け身でいるしかなかった。

かれはなにかべつのものになった……なにかが原始の荒々しい力でかれをプシオン・ネットから引っこぬき……気づくと、自然力が荒れ狂う大混乱のなかにいた。この新しい環境に慣れる前に、また環境が変わった。それは環境が変わったのではなく、かれ自身があらたな変化を遂げたのだ……ローダンは、水素世界の毒のある大気中に無防備でさらされているような感覚をおぼえた。しかし、それも一瞬だけで……さらにあらたな変異があり……信じられないような光景のなかにほうりだされた。

かれは湿地に寝転がり、ゆっくりと沈んでいた。両手でからだを支えたまま、三つめの手で顔の泥をぬぐい、四つめの手で目をこすり、眼窩《がんか》の奥まで手を入れて汚れを落とした。

「ばかめ!」自身をののしる声が喉の奥からもれる。自分のものともわからないような声だ。しかし、またこういうのが聞こえた。「どうして爪を掃除に使っているのだ?」そういうと、長くぶあつい舌を伸ばして眼窩や顔をなめ、泥を口腔内にほうりいれてのみこんだ。口にも舌にも明らかに味覚がないか、あるいは泥にまったく味がないようだ……なんであろうと胃は満たされ、心地よい満腹感を得られた。

実際は、空腹ではなかった。ヴァーランド・ステーションをはなれる直前、イルミナが食糧貯蔵庫から用意してくれた……あれはなんだった? 味の記憶がまったくない。しかし、かれはすくなくとも、自分のかつての姿を思いだした……いまなお自分がだれであるかを。

自身の任務……自身の実験を。

わたしはペリー・ローダン。ジェフリー・アベル・ワリンジャーがつくった機器をオルフェウス迷宮でためしたいのだ。超現実からもどってこられるように。

すばやく周囲を見まわす。視線のとどくかぎり湿地帯がひろがっていて、そこに木のような大きさの植物が生えている。鐘のようなかたちをした樹冠を花と呼ぶのならば、それはチューリップに似ていた。それがゆっくりとひろがり、急速にまた閉じて、わずかに開いているだけになると、とどろくような音をたてて空気を吸いこんだ。チューリップ体がゆうに四倍の大きさに膨張する……はげしい音が響き、膨張したチューリップのひとつが破裂した。雪のような雲がたちのぼり、周囲を霧でつつんだ。

ローダンは頭を伸ばして空を見あげた。目が自動的に眼窩からすべりだし、ひろい視野が得られた。頭上には奇妙なかたちの雲が漂っている……いや、それはかたい物質でできたもので、空飛ぶ島だ。なかには巨大な山のように積みあがっているものもあった。

しだいに霧が晴れて、音が聞こえてきた。なにかが向かってくる。おさえたうなり声が聞こえ、息を吐くような音がそれにつづいた。質問とその返事のように聞こえる。この返事は黙るようにという命令だったかもしれない。その後、沈黙がつづいたからだ。

ローダンは用心深さと好奇心のあいだで揺れていた。明らかに霧のなかから、迷宮の住民たちが接近してくる。かれらはローダン同様に幻想的な姿に変化している。自分の正体を明かしたほうがいいのだろうか？

霧のなかにぼんやりとした影が見えた。三名か四名いて、慎重に近づいてくるが、ぴったりくっついているので数は正確にはわからない。

「おい、そこの者たち！　わたしはきみたちの仲間だ」ローダンは、はじめから気にいらない、喉の奥から響く声で呼びかけた。背筋を伸ばして堂々とした姿になり、立っているだけでハルト人の大きさをうわまわっていることに驚く。「わたしを見ろ。同じ苦しみをいだく仲間だ！」

相手は明らかにそう感じなかったようで、恐ろしいうなり声をあげて、猛烈な勢いで突進してきた。しかし、かれらはすぐ手前で立ちどまった。この異人たちを見て、ローダンは思わず結晶になったオクリルだという気がした。かれらは最初は硬直したように立っていたが、不安そうなうなり声をあげた。それをローダンはこう解釈した。

「啓示を受けた者だ……炎から逃げろ……獲物ではない……」

かれらはすばやくうしろを向いて去っていった。

なぜ、かれらが自分から逃げていったのか、ローダンはわからなかったが、この問題を追求する気もまったくなかった。さしあたりオルフェウス迷宮のことを考えなくてはならないし、迷宮ダイヴァーのテストも重要だ。

かれは背中の筋肉を動かし、最初は肩に迷宮ダイヴァーの感触がないことに驚いた。しかし、四本の手を背中にまわすと、なにか新しいからだの一部ではない、不格好なものをつかめた。

「もちろん、迷宮ダイヴァーも超現実の条件に適応している」ひとり言をいう。

なんという声だ！

できるだけ早くここから出たい。次に訪れるときには違う姿と声帯を持ち、より心地よい声が出せるかもしれない。

「ジェフリーはこの装置のしくみをどう説明していただろうか？」と、かれはひとりごち……次にほかのからだを得られないなら、すくなくとも声に出して考えるくせをやめなくてはと思う。

ジェフリーは、迷宮ダイヴァーは迷宮への転送のさいに受信したプシオン・インパルスをすべて記憶し、帰還のときにはそれを逆行させて使用するのだと話していた。この装置の装着者は、優先路を変更するときのように、適切な思考指示のようなものをあたえるだけでいい。それには、目的の定まった明確な思考が必要だ。

「装着者が考え、迷宮ダイヴァーが操縦する！」

ローダンは思考指示をあたえた……迷宮ダイヴァーが反応する。ローダンが思考で追えないほどのスピードで逆の変化が起こった。すでにふたたび優先路に沿って、プシオン情報量子の群れとして進んでいるときも、かれの意識はまだ恐竜のような六本脚生物の幻影のからだにとどまっていた。

しかし、それがおさまると、ローダンにとっては迷宮ダイヴァーが機能することだけが重要となった。これで次は安心してオルフェウス迷宮に挑める。しかも、こんどは長く滞在し、ロワとロンの帰還も確実になるまでは迷宮をはなれることはないだろう。かれは満足して考えた。

〝ヴァーランド・ステーションにもどる〟

到着すると、イルミナ・コチストワは《アスクレピオス》で姿を消していて、二十四時間後にもどってきた。彼女はローダンのテストの成功を祝ってから、報告した。

「待ち時間を利用してヘルドル星系に行ってきたんです。ヤグザンへのコースを確保するのは、本当にかんたんではなかったわ。でも、すくなくとも苦労したかいはありました。軌道上で《ラヴリー・アンド・ブルー》を発見して船長のエルスカルジと連絡をとり、スリマヴォとヴェト・レブリアンを出動場所に連れていったと聞いたので。ふたりはかれに暗号通信で、第一の迷宮門ルランゴ・モジャでアラスカ・シェーデレーアと会えるだろうということを知らせてきたそうです。かれと話す機会も呈示されるだろうと。エルスカルジにはあなたの計画を話しました。かれはこんど、スリとヴェトにそれを伝えてくれるでしょう。どうです、ペリー？」

「これ以上にいい結果はないだろう」ローダンが答える。

イルミナはさらに追加の情報も持ってきていた。そこにはルランゴ・モジャのホログラムがあった。映像を見たローダンは、驚きの声をあげた。

「飛翔する紋章の門だ！」

「それはなんですか？」イルミナがたずねた。

「エイレーネと惑星トペラズに行ったとき、工廠《こうしょう》施設を発見した。そこに、飛翔する紋章の門があったのだ。わたしは、惑星の地表にしっかりと固定された紋章の門しか知らないので、理解できなかった。いま、謎が解けた。あれは戦士イジャルコルが戦士ヤルンのためにつくった、飛翔する迷宮門なのだ」

「その結論は？」イルミナはたずねた。

「イジャルコルが勢力範囲をひろげているということ」ローダンはいって、考えこんだ。「かれは権力に手を伸ばし、成功をおさめているようだな。われわれネットウォーカーにとっては、自分たちの計画が正しかったことをしめす証拠だ。戦士イジャルコルは、ネットウォーカーの最初の大規模な攻撃の対象となるべき者。イジャルコルのところで戦士崇拝の解体にとりかからなくてはならない」

NGZ四四六年三月七日、ヤグザンのオルフェウス迷宮をめぐるカリュドンの狩りの開始まで、ペリー・ローダンには標準時で五日がのこっていた。

＊

アルロファー人がパントマイムの卓越した演じ手であることに、スリマヴォは十六年前、カリュドンの狩りに参加するためはじめて迷宮世界にきたときに気づいていた。そのときも彼女は特権者の忠臣としてくわわるしかなかったのだが……ただし、そのときの狩りは短期間で、第一の門のうしろですでに終了した。ヴェト・レブリアンが追跡者を待ち伏せして、かれのかわりに現実世界にもどったからだ。

彼女とヴェトに商品を披露した武器商人はアルロファー人だった。かれはあらゆる手段と身ぶりによる言語で商品をすすめた。八肢を文字どおりねじまげたり、三つに分かれたキチン質の鱗のあるからだを極限まで曲げ伸ばししたり、鱗を逆立たせて震わせたり、ひろげたりする。スリはそれをなまめかしいと感じた。

「すべてがらくただ」ヴェトが不機嫌そうにいった。

「がらくたですと？」アルロファー人は立腹した。鱗を逆立たせ、三対の腕を興奮して振りまわす。「がらくたはあなたが背負っているものでしょう。それで怪物を倒せるなら、それは怪物があなたを笑っているからだ」

ヴェトの顔の色素が額に集まり、そこに怒りの黒い雲ができるのを見て、アルロファー人は愕然とした。武器商人は何度も謝る一方、しなやかなからだをまるめて、隙間なくからだをおおう鱗のなかに身をかくした。それから、特別な客のための武器コレクションがあると、ヴェトを奥の部屋に誘った。

しかし、ヴェトは態度をやわらげなかった。

「またこんどね」スリはいって、連れをその場から引きはなし、叱った。「そんなことではだめよ、ヴェト。その怒りは、カリュドンの狩りのためにとっておいて」

ヴェトはすぐにおちつきをとりもどした。

「オルフェウス迷宮では、理性だけが重要だ。感情に流されたら、死んだも同然だ」

「それは暗にわたしのエンパシーのことも、いっているの？」エネルギー・レーンで武器市場の中央通路をすべるように通過しながら、スリがたずねた。

「思いこみすぎだよ」と、かれはいったが、すぐに彼女の手をやさしくなでた。「ただし、きみのエンパシーの炎に焼かれたいと思いこがれることもあるが」

「もし約束さえなければ、わたしたち……」

「アラスカが待っている」

それは、ここに滞在して二度めのピリオドの、アルダート直前のことだった。銀河暦からはなれられないスリにとっては、NGZ四四六年三月七日だ。かれらはこの二ピリオドのあいだじゅう、アラスカからの合図を待つため宿舎に待機していた。そして、それはやってきた。催しのカレンダーを見ると、二二・オー・二二〇三の場所で〝エスタルトゥ、エトゥスタル……その他もろもろ〟というテーマで講演する者がいるという告知があった。講演者の名は、アラスカ・シェーデレーアだ。

かれらが二十二階に到着したのは、アルダートのはじまりが告げられた瞬間だった。この時間区分のあいだ、すくなくともこの階では、無条件に言論の自由が認められ、愚行も許される。ここには閉鎖された部屋はなく、階全体が直径二千メートルのホールになっていて、その一体感を崩しているのは転送・供給・操作システムの柱だけだった。

工夫を凝《こ》らしたレーザー効果により、それぞれの空間が多様な光景で区切られ、演者が好みに応じて変更できる。天井はプロジェクション・スクリーンになっていて、力の集合体エスタルトゥのホログラムがうつしだされ、宇宙のひろさを伝えている。

アルダートが告げられてすぐに喧騒《けんそう》がはじまった。スリはテラのカーニバルを思いだした。数百人の演者と数千名の野次馬がいて、その大半は星形プラットフォームの先端の受け入れ施設からきていた。アルダートの期間、ルランゴ・モジャは、カリュドンの狩りの資格を得られなかった者や、参加するチャンスに恵まれなかった者にも解放される。ルランゴ・モジャに足を踏み入れることができた者はだれでも、自分の意見を述べ、意見を主張したい者の話を聞き、上演に感嘆することが許された。

スリとヴェトはオー・二二〇三の場所に導くプシオン性ガイドを入手した。この助けがなければ、ふたりはこのカーニバルの喧騒のなかでけっして目的の場所にたどりつけなかっただろう。

ふたりは、演者のほとんどが資格判定の規定に苦情を訴えていることに気づいた。かれらは判定原則の方法の改革をもとめていた。ひいきされている者ではなく、戦闘能力と法典への忠誠で決定されるべきだという。失格になったのは、まさにこうした者たちだったからだ。資格を得られた者たちはたいてい、ホログラムを使いながら観客に自分たちの戦闘力を披露し、クラブスやオグハウアーやコットをどのように倒すかを見せて得意になっている。着想に富んだものもあったが、それに対してもヴェトはあわれむような笑みを浮かべるだけだった。

しかし、プテルスがすばらしいものを披露していて、客が長く立ちどまっている場所があった。パントマイムのような方法で、自身のからだを使って自分の種族の発展の歴史を表現している。変態能力といってもいいほどからだを自在に動かすことができて、スリはここからはなれられなくなった。このプテルスはほかよりはるかに多くの観客を集めていたが、客たちはこのパントマイムにこめられた深いメッセージには気づかなかっただろう。昔のプテルス、永遠の戦士、進行役とソトの関係を知らなければ、読みとることはできない。

プテルスはまず、トカゲのように地面を四つん這いで動いた。同時にゆっくり上肢を伸ばし、後肢ですこしずつ立ちあがり、一方、軟骨質の尾を曲げて尾骨を伸ばし、本来の姿を観客の前にさらした。姿勢はさらに直立してこわばった姿勢をとり……まぎれもなく戦闘モードだ……それとともに、永遠の戦士だけが持つ、挑発的で気どった歩き方になった。実際に永遠の戦士を見たことのある観客はほとんどいないだろうが。

突然、演者が戦闘態勢に入ったことで、野次馬たちはなにもできなくなった。プテルスの顎が急に前に突きだし、猛獣の歯が伸びて、鉤爪がついた手は引き裂くための道具になった。尻を伸ばし、腕と脚を極端に曲げて、ジャンプの態勢に入る。腕をドリルのように回転させ、恐ろしい頭が前に飛びだすと、一部の観客は思わずうしろにさがった。つづいてはげしく動きはじめ、しばらくはぼんやりとした影のようにしか見えなくなり、あちこちにあらわれ、こちらで姿をあらわしたかと思うと、すぐにまた反対側で姿を見せた。

演技が終わった。観客は熱狂的に賞讃したが、どこか困惑してもいた。

演者が疲れて地面に横になり、観客が散らばっていくと、ヴェトはプテルスのところに行った。名前を聞き、種族の進化の歴史に関する秘密の情報をどこで入手したのかたずねた。

「わたしはジョン・ヴァル・ウグラド」プテルスは答えた。「秘密の情報なんて知らない。いま見せたのは、ずっと前にみた夢を再現したパントマイムだ」

ヴェトは、奥に置いてあるプテルスの装備の下に、イシャラのついた胸当てがあるのに気づいていった。

「オルフェウス迷宮で会おう」

スリのところにもどると、彼女は説明した。

「ほんものの形態転換者というほどではないけれど、かれは催眠暗示やレーザーを使っているわ。さらに、パントマイムでなにを表現したのか自分でもよくわかっていない」

ヴェトは彼女の話をまったく聞いていなかった。目的地に接近していることをしめすガイドのインパルスがどんどん速くなっていたのだ。

「そこにアラスカがいる！」

＊

かれはホログラムのアーチの下にみじめなようすですわっていた。足を組み、腕を力なく垂らし、細いが表情豊かな顔を無表情にして……憂鬱《ゆううつ》な敗残者のようだ。通りすがりの者たちは、かれのわきを無造作に通りすぎていく。スリとヴェトが視界に入ってきても、かれはすこしも動かない。ヴェトも、スリに腕を引かれてとめられなければ、この人間の残骸のような者のわきを通りすぎていただろう。

「あなたの演目はなに？」スリはうずくまっている男にたずねた。

「自分の時間をすごすため、ここにすわっているだけだ」アラスカは陰鬱にいった。

「カリュドンの狩りに招集がかかるまで待っている」

「きみは〝エスタルトゥ、エトゥスタル……その他もろもろ〟というテーマで話をするのだったな」ヴェトはそういいながらアラスカの隣りにすわると、やはり足を組み、スリはかれらのあいだで膝をついた。

「そんなことはどうでもいい」アラスカはいった。「ルランゴ・モジャではだれも超越知性体の話を聞きたがらない。すべてにまさるエスタルトゥ！　だが、エスタルトゥはもうとっくにここにはいない」

「そんな異端者みたいな発言をしたら、だれも話をちゃんと聞かなくても不思議はないわ」と、スリ。「もっとためになるような話題はないの？」

無気力な表情を変えることなく、アラスカはインターコスモでいった。

「よし、もういいだろう。われわれ、じゃまされずに話すことができる。シラミのジョニーが機器を使って盗聴されないように守ってくれているから」

ヴェトはスリからインターコスモを習い、会話にもくわわれるほどマスターしていた。

「あのプテルスはきみの味方なのか？」かれはたずねた。

「本人はそれをわかっていないがね」アラスカは微笑を浮かべた。「最初はつきまとわれて迷惑だったが、災《わざわ》いを転じて福とした。かれの知識はわたしから得たもので、実際は関係をしっかり理解していない。わたしがかれにパントマイムを教えこんだ。すばらしいだろう？　かれはこれで全十二銀河に熱狂を引き起こせる」

「政治にも参加できるわよ」スリがいう。

アラスカも賛成してうなずいた。

「ジョニーは大丈夫だ。狩りのあと、ひょっとするといっしょに……いや、この話はもういい。まわりの注意を引かないように会話は短くすまそう。カムフラージュするために、これから何名か観客をうまく捕まえなくては」

「ペリー・ローダンはスタート準備ができているわ」スリは、《ラヴリー・アンド・ブルー》の船長が出発の直前にイルミナ・コチストワとコンタクトし、ローダンの〝ダイヴァー実験〟について聞いたことを伝えた。「ただし、イルミナは迷宮ダイヴァーの試作品が問題なく機能したか、疑っていたけど」

「機能した」アラスカがいう。「一ゴリムが捕まり、すぐにオルフェウス迷宮をどうにか脱出したのを、わたしはすぐそばで見ていたのだ。どんな騒動になったか想像がつくだろう。そんなことは迷宮の誕生以来、一度もない。トロヴェヌール銀河全体でも比類のない出来ごとだった！　わたしはいま、救助作戦は成功すると確信している。狩りがはじまるまで、あと六ピリオドだ」

「その楽観的な見方には共感できない、アラスカ」ヴェトはいった。「迷宮門はナックが制御している。この門マスターは変異についても制御していて、だれがどのような姿になるか、といったことを決めている。間違いはけっしておかさないはずだと思っているナックにとって、ゴリムが自分のセンサーをすりぬけたことは、もっとも大きな衝撃だろう。もう一度だまされるということはきっとない。ローダンの策略にはまったことから学び、同じことがくりかえされた場合には予防処置がとられて、ローダンがまた同様に逃げることがないようにするはず。わたしはその警告をエルスカルジにとどけさせた」

アラスカは悲しそうに首を振った。

「わたしはいつも自分を悲観主義者だと信じていたが、きみに対しては……しかし、そんなことをしてもむだだ。ペリーはけっしてかれの計画をあきらめないだろう」

「わたしたち、またはなれたほうがいいわ」スリがうながした。「とても奇妙な感情を受けとったの。わたしたちに強い関心を持っている者が二名いる」

「シジョル・カラエスとアグルエル・エジスキーだ」アラスカは簡潔にいった。「わたしはその二名にいつも追いまわされている」

「ええ、その名前よ」スリが確認する。

アラスカはこの機会に二名のヒューマノイドについてもっと情報を知りたいと思い、スリに、エンパシーを使って二名の雰囲気から素性を探れないかとたのんだ。

「急には無理よ」と、スリ。「それに、かれらにはなにか障壁があるわ。わかるのはただ、かれらには重要な任務があって……いまはその途中にいる。目的は不明だけど、情報を集めていて……」

そこまでだった。アラスカは失望した。

「こんどうまくいくかもしれないわ」スリがなぐさめる。「次の次のピリオドに、このわたしが講演をするの。そのときにまた会いましょう」

スリとヴェトは挨拶もせずに立ち去った。

アラスカはしばらく待ってから、ジョニーのところに行った。はじめはしつこいプテルスをおとりにしようと思っていたが、相手をよく知ったいま、かれにすっかり好意を感じていた。プテルスといっても、戦士、ソト、進行役と同一ではない……

ヴェトが口にした懸念が、かれのなかで作用しはじめた。

ペリーの二度めの迷宮からの脱出はそうかんたんではないといった言葉は、とても説得力があった。さらに、もうひとつ気になる点がある。

自分が門エリアの内側に入って細胞活性装置を奪われたときも、ナックのアルドルインが対応した。かれがまだ装置の意味を理解していなかったというのは確実だろう。ハトゥアタノのファラガも、それについてなにも知らないのだから。

しかし、もしアルドルインが、アラスカと同じような五次元振動をペリーの細胞活性装置にも確認したら、ふたつのあいだに関係があるとおのずと疑いを感じるかもしれない。

だが、アラスカはそのようなことを考えるのはやめた。もはやものごとの流れを変えることはできないからだ。

かれはその場をはなれ、ジョン・ヴァル・ウグラドのところに向かった。

カリュドンの狩りまであと五日!

あとがきにかえて

若松宣子

三歳の男の子の昼寝につきあう機会があった。

眠いはずなのに「寝ない」といいはり、なかなか寝ようとしない。子どもを寝かしつけるのは初めての経験で、絵本を読み聞かせてみようかとも思ったが、すでに部屋は暗くしてあるのと、どんな姿勢で絵本を見せながら寝かせたらいいのかわからない。そこで昔話を語ってみることにした。

学生のころ昔話を専門とする恩師のもとで、その様式美や世界観の深さを学んだ。「むかしむかし、あるところに」という出だしの言葉、三回のくりかえし、決まり文句の言葉のリズム、物語をしめくくる言葉を意識しなくてはと思った。

さて、なにを話そうかと考えた。そして令和のいまでも通用するのかわからないが、とりあえず男の子だからという理由で「桃太郎」にした。話しはじめてみたものの、明治時代に教科書に掲載されて、強い国日本をつくるイメージもつきまとうので、いまはあまり子どもに聞かせない話なのかもしれないという不安も覚えつつ、とにかく始めてしまったので最後まで語ってみることにした。

実際に話してみると、まず、おじいさんが柴刈りにというところで、少しつまずきかける。いまの三歳の子どもは柴刈りといってわかるのだろうか。といっても、自分も幼少期にはあまりよくわかっていなかったかもしれないと思いながら、なんとかやりすごし、その後、きびだんごと引き換えにイヌ、サルを家来にしたところで、キジでまたひっかかりかける。おそらくこの子はキジを見たことはないだろう。尾の長いきれいな鳥だよと横道にそれそうな説明をいれながらどうにか先にすすみ、肝心の鬼退治でいきづまってしまった。

現代の子どもの教育では、争いごとは避け、むやみに恐怖心をうえつけてはいけないということで、悪いことをすると鬼がくるよ、といった言葉をかけないらしいという話を聞いたことがある。この子がふだんどんな絵本を読んでいるのかもわからない。『鬼滅の刃』が大流行しているものの、ひょっとして幼い子は、ほとんど裸で角がはえているこわい鬼という存在自体を知らないのではないかと考えはじめてしまった。

また、鬼を一方的に退治するという展開も、いまの子どもには教えてはいけない価値観なのかもしれない。しかし始めた話は終わらせないといけないので、鬼は村で悪いことをしていたという理由をつけくわえ、鬼をやっつけて、桃太郎はおじいさんたちの家に宝物をもって帰り、しあわせにくらしました、と、最後までどうにか話し終えた。

昔話の形式などはわかっていたつもりだったが、実際に絵本を使わずに言葉だけで話してみると、うろおぼえなところもあるし、聞き手の知識の程度もわからないし、なかなか難しいものだった。そしていまこの文章を書くために、現代の「桃太郎」がどんな風に変化しているのかと調べてみたところ、鬼退治に対する批判は当然のこと、さらに生き物は平等という価値観から、イヌやサルは家来ではなく、桃太郎の仲間になるらしい。

一方、「桃太郎」を語り終えても子どもは興味津々のようすで、まだなかなか眠りそうにない。そこでこの子といっしょに地蔵を見たことを思い出し、「笠地蔵」の話を始める。これもまた笠がわかるか不安になり帽子に置き換えたりしてどうにか話し終えた。その後の「赤ずきん」では、森に住むおばあさんの家へ向かう赤ずきんがオオカミの策略にひっかかり、寄り道をして花をつむ。そのあいだにオオカミはおばあさんの家にいき、おばあさんを一飲みにしてしまわなくてはならない。そしておばあさんに変装したオオカミが赤ずきんをベッドの中で待ち受けて、赤ずきんに「どうしてそんなにお耳が大きいの？」「どうしてそんなにおめめが大きいの？」と質問攻めにされなくてはいけないのに、オオカミが家に入るところですでに、おばあさんがオオカミに「どうしてそんなに声が……」とたずねる会話をいれてしまったことからなかなか先にすすまなくなってしまった。しかしなんとか無事に？　赤ずきんがオオカミの腹におさまり、通りかかった狩人がもぞもぞ動くオオカミのおなかを裂いて赤ずきんたちを助けるという場面もさらりと話してしまえばいいものの、しどろもどろになってしまった。

子どもに語る昔話から残酷さは排除すべきという価値観は現代にはじまったわけではなく、グリム兄弟の昔話の編纂の過程にもみられるもので、時代の移り変わりとともに昔話の形はどんどん変わっている。学生時代に学んでいたころには、視覚ではなく言葉で語り聞かせる昔話においては残酷な場面もむしろ滑稽なものとして伝わるものなので、あまり残酷さを取り除いてしまうと、物語の奥行きも、そこから子どもが学ぶことも少なくなってしまうと思っていた。ただ、さまざまな刺激をどんどん吸収する子どもを前にすると、余計な情報にじゃまされてしまい、受け継がれてきたものをそのまま伝えるというのはなかなか難しいと感じた。話しぶりは残念ながら理想の形とは大きくかけ離れたものになってしまったけれど、いまは昔話のおもしろさがあの子に少しでも伝わっているといいと願うばかりだ。

折りたたみ北京

現代中国SFアンソロジー

Invisible Planets

ケン・リュウ編
中原尚哉・他訳

〔ヒューゴー賞／星雲賞受賞〕十万桁まで円周率を求めよと始皇帝に命じられた荊軻は三百万の軍隊を用いた人間計算機を編みだす。『三体』抜粋改作にして星雲賞受賞作「円」、三層都市を描いたヒューゴー賞受賞作「折りたたみ北京」などケン・リュウが精選した七作家十三篇を収録のアンソロジー　解説／立原透耶

ハヤカワ文庫

火星へ（上・下）

The Fated Sky

メアリ・ロビネット・コワル
酒井昭伸訳

一九六一年。人類は月面基地と宇宙ステーションを建設し、つぎは火星入植を計画していた。〈レディ・アストロノート〉として知られる女性宇宙飛行士エルマは、航法計算士として初の火星有人探査ミッションのクルーに選ばれ、悩んだ末に三年間の任務を引き受けるが……。改変歴史宇宙ＳＦ第二弾　解説／鳴庭真人

ハヤカワ文庫

2010年代海外SF傑作選

橋本輝幸編

〈不在〉の生物を論じたミエヴィルのホラ話「〝ザ・〟」、ケン・リュウによる歴史×スチームパンク「良い狩りを」、仮想空間のＡＩ生物育成を通して未来を描くチャンのヒューゴー賞受賞中篇「ソフトウェア・オブジェクトのライフサイクル」など二〇一〇年代に発表された十一篇を精選したオリジナル・アンソロジー

訳者略歴　中央大学大学院独文学専攻博士課程修了，中央大学講師，翻訳家　訳書『エルファード人からのメッセージ』フランシス＆エルマー，『カルフェシュからの指令』ヴィンター＆エルマー（以上早川書房刊）他多数

HM=Hayakawa Mystery
SF=Science Fiction
JA=Japanese Author
NV=Novel
NF=Nonfiction
FT=Fantasy

宇宙英雄ローダン・シリーズ〈658〉

カリュドンの狩《か》り

〈SF2356〉

二〇二二年二月　十　日　印刷
二〇二二年二月十五日　発行

（定価はカバーに表示してあります）

著　者　ペーター・グリーゼ
　　　　エルンスト・ヴルチェク
訳　者　若《わか》松《まつ》宣《のり》子《こ》
発行者　早川　浩
発行所　株式会社　早川書房
郵便番号　一〇一 - 〇〇四六
東京都千代田区神田多町二ノ二
電話　〇三 - 三二五二 - 三一一一
振替　〇〇一六〇 - 三 - 四七七九九
https://www.hayakawa-online.co.jp

乱丁・落丁本は小社制作部宛お送り下さい。
送料小社負担にてお取りかえいたします。

印刷・信毎書籍印刷株式会社　製本・株式会社川島製本所
Printed and bound in Japan
ISBN978-4-15-012356-7 C0197